LE RENDEZ-VOUS DES LABYRINTHES

De cette édition
il a été tiré 30 exemplaires
numérotés de 1 à 30
représentant
l'édition originale

Dépôt légal 2ème trimestre 1992

Marc GRIMOT

LE RENDEZ-VOUS DES LABYRINTHES

Roman

LES ÉDITIONS LA BRUYÈRE
128, rue de Belleville
75020 PARIS

AVERTISSEMENT

Sans nouvelles d'Olivier depuis plusieurs semaines, je décidai de partir à sa recherche. Sa dernière lettre portait le cachet d'un village de Frise néerlandaise, mais là-bas, après un long voyage, je ne trouvai nulle trace de lui. Désemparé, je fis paraître une annonce dans le journal local. C'est ainsi que je reçus la visite d'un couple qui me dit l'avoir hébergé quelque temps ; ils ne savaient où il pouvait être allé ensuite mais me remirent une enveloppe à mon nom qu'Olivier leur avait laissée. Elle contenait un manuscrit, sorte d'autobiographie au titre étrange dont la lecture me surprit beaucoup : je ne reconnus aucun des personnages et la conclusion optimiste me parut aux antipodes des échecs tant sentimentaux que professionnels qu'avait causés à Olivier son comportement bizarre au retour d'un voyage en Inde et dont il m'avait bien souvent parlé avant de partir « quelques jours pour faire le point ». Mes investigations ultérieures dans diverses villes de Hollande et même d'Allemagne et du Danemark, puis à travers la France, sont demeurées vaines et, quoique les délais bien longs prévus par le Code civil pour tirer les conséquences d'une « absence » ne soient point encore entièrement écoulés, je n'ai plus aujourd'hui qu'un faible espoir de le revoir jamais. Je crois donc répondre à l'attente de celui qui, vingt années durant, fut mon ami en faisant publier le curieux ouvrage qu'il m'a laissé et qu'il aurait sans doute dédié aux absents.

Article 115 du Code civil (modifié depuis) *: « Lorsqu'une personne aura cessé de paraître au lieu de son domicile ou de sa résidence, et que depuis quatre ans on n'en aura point eu de nouvelles, les parties intéressées pourront se pourvoir devant le Tribunal de Grande Instance, afin que l'absence soit déclarée ».*

AVERTISSEMENT

Chapitre I

La main patiente de l'homme n'avait pas apaisé les splendeurs sauvages qui environnaient la route : pins, chênes et châtaigniers éparpillés dans le maquis, rares hameaux juchés sur des éperons rocheux, et, dans la vallée, quelques vignes, de maigres pâturages et des oliveraies.

Mais c'est à Claire qu'Olivier pensait. Malgré la brièveté de leur récente rencontre, il ne l'avait pas oubliée et l'envie le saisissait souvent de lui téléphoner à Paris.

Il fallut pourtant s'en distraire et réduire encore l'allure : vers la carrière de Jean Lambier, le chemin de terre grimpait à flanc de montagne. Il connaissait cette exploitation, le patron lui avait d'emblée inspiré confiance et même une certaine sympathie, pourtant les livraisons n'arrivaient pas. L'homme, un méditerranéen trapu et musclé à la bonne figure ronde, souriante et hâlée, l'accueillit sur le front de taille, puis l'emmena chez lui tout en évoquant son apprentissage ; il en gardait à l'oreille l'anneau d'or des compagnons du tour de France.

Le village semblait n'avoir pas changé depuis sa construction, qu'il eût été bien difficile de dater. Sur la grand'place, quelques vieux bavardaient devant la fontaine, assis sur une murette. Certains rez-de-chaussée n'étaient éclairés que par des lucarnes pour parer, sans doute, à toute attaque, tandis que les volets inclinés des fenêtres hautes permettaient d'agir à couvert.

Dans sa maison aux belles poutres, à la profonde cheminée, le carrier offrit à boire à Olivier puis il écouta ses doléances ; elles semblèrent le surprendre : « En effet, il y a eu un accident, voilà quelques semaines, mais j'ai tout de suite averti votre adjoint des retards possibles et M. de Mistre m'a répondu que, justement, un de vos ateliers étaient à l'arrêt : pour me mettre à l'aise, il a reporté de deux mois le calendrier de fourniture. J'en étais même ennuyé, ensuite, parce que j'ai presque rattrapé mon planning et je manque plutôt de commandes. »

Olivier se sentait enclin à croire son interlocuteur : son intérêt commercial était de vendre. Une de ses machines était, en effet, tombée en panne, mais, faute d'obtenir une intervention rapide, Olivier avait réparé lui-même au bout de quelques jours. Enfin ce n'aurait pas été la première négligence d'un adjoint prétentieux, qui semblait parfois tenir plus à ses bonnes relations qu'à la marche des affaires. C'est bien pourquoi, l'année précédente, au bord de la faillite, il avait dû vendre son usine à la société qui avait envoyé Olivier redresser la situation. Dans le doute, celui-ci fit mine de croire à un malentendu.

Une fois fixées les nouvelles dates de livraison, Jean Lambier le retint un instant : « J'apprécie vos méthodes de travail : ponctualité, qualité, exactitude, rapidité. Elles ont fait leurs preuves, seulement, ici, elles ne sont pas encore entrées dans les habitudes. Les gens auraient bien dû finir par s'y mettre, mais enfin ils n'étaient pas pressés, et puis ils auraient préféré que ça vienne d'un cousin ou d'un ami de la famille : prenez y garde ! Excusez-moi de paraître vous donner des conseils, mais je tiens à votre clientèle et je ne voudrais pas que vous ayez de problèmes. »

Olivier le remercia avant de reprendre la route. Sa démarche s'était, en somme, bien passée, mais il restait perplexe.

A l'usine, il ne trouva pas son adjoint, mais en regagnant son bureau, il entendit une conversation entre deux secrétaires : « Et les copies, qui sont de plus en plus moches !

— D'abord on nous oblige à utiliser ces machines de traitement de texte, maintenant la photocopieuse qui se détraque : ça n'arrivait pas, du temps de M. de Mistre.

— C'est comme ça... Est-ce que tu crois qu'il y a quelque chose entre le nouveau directeur et Mme Rouquier ?

— J'en connais plus d'un qui est jaloux !

— Pourtant ses parents sont de gros fermiers : ils n'accepteraient sûrement pas une liaison.»

Le passage d'Olivier ramena le silence et, justement, il croisa devant son bureau Patricia Rouquier, son assistante pour les affaires juridiques et financières. Elle portait avec grâce ses trente-sept ans, qu'elle ne cachait pas, et, dans d'autres circonstances, sa beauté mûre et son enjouement auraient pu faire oublier qu'elle avait déjà un fils de quinze ans, dont le père, disait-on, était parti un beau matin pour ne plus revenir ni donner de nouvelles. Mais depuis son retour de vacances, Olivier ne pensait plus qu'à Claire, même s'il n'en parlait jamais. Par contre il appréciait l'intelligence et le serviabilité de cette femme expérimentée. Le bavardage qu'il venait d'entendre le préoccupait.

« Avons-nous des nouvelles », demanda-t-il, « pour ce fameux rouleau qu'il faudrait changer sur la photocopieuse ?

— Le concessionnaire voulait nous faire lanterner jusqu'à sa livraison trimestrielle de routine. Nous ne pouvons pas attendre jusque là, seulement ça n'aurait rien donné d'appeler leur service après-vente à Paris. Ils n'ont qu'un seul détaillant, par ici ; il est assez actif et ils ont des relations sans histoire depuis des années. Alors, j'en ai parlé à mon cousin Dominique qui travaille à la préfecture et j'ai appris, ce matin, que le nécessaire allait être fait.

— On a parfois autant de mal à obtenir un service ou une livraison que si on était en temps de guerre avec les hommes à l'armée et les marchandises contingentées ! Et pour le permis de construire du hall d'exposition à Aiguefière ?

— J'ai encore téléphoné ce matin, c'en est toujours au même point, et là, vraiment, je ne peux rien y faire.

— Pourtant une structure moderne de transformation de la pierre, c'est une chance pour tout le monde : pour les exploitants de carrière et les transporteurs routiers, pour ceux qui cherchent un travail, et même pour la région, qui deviendra moins tributaire du tourisme. Les gens devraient être fiers de la mise en valeur de leurs roches aux magnifiques couleurs. Ils auraient tout intérêt à nous aider. Or que font-ils ? le contraire ! C'est d'ailleurs ce que me disait le carrier chez qui je viens de réparer les bévues du bonhomme qui est supposé me servir d'adjoint. A propos, est-ce que vous savez où il est ?

— Il a téléphoné qu'il allait négocier un contrat, je crois. Pour les livraisons, je savais que vous feriez le nécessaire, » répondit Patricia.

Sous l'impulsion de son regard enthousiaste, Olivier admira involontairement le profil harmonieux et robuste de sa belle collaboratrice. Celle-ci pensait que son directeur s'y prenait mal avec M. de Mistre mais elle ne savait comment le lui dire. La sonnerie du téléphone coupa court à ses hésitations et elle sortit.

C'était un appel de Michel Coste, le patron d'Olivier à Paris. Ils se connaissaient de longue date. Olivier, pendant ses études, avait fait un stage auprès de lui, ils avaient ensuite travaillé pour deux maisons concurrentes tout en continuant à s'apprécier mutuellement, enfin, au moment de la fusion des deux entreprises, Olivier avait volontiers accepté la proposition de Coste de revenir sous ses ordres dans la nouvelle structure. « Qu'est-ce qui se passe ? », lui demanda Coste, « De Mistre a appelé pour se plaindre que tout va mal, que les machines sont en panne, que la matière première n'est plus livrée et que tu ne tiens aucun compte de ses avis alors qu'il connaît parfaitement la région et que c'est lui qui a lancé l'affaire.

— De Mistre est un hâbleur et un incapable », répondit Olivier. « Il y avait un retard dans les approvisionnements parce qu'il avait tout embrouillé, mais, rassure-toi, j'y ai remis de l'ordre, et quant à la panne, elle n'a duré que cinq jours dont un week-end. Il faudrait surtout que M. Louffier de Mistre se souvienne que les choses n'allaient pas si bien quand c'est lui qui dirigeait l'usine. S'il m'assistait avec autant de compétence et de dévouement que Mme Rouquier, il y aurait moins de difficultés.

— Justement il se plaint aussi que tu n'écoutes que Mme Rouquier. A l'en croire, ce serait elle qui commande.

— Ce n'est pas du tout ça, mais… »

Coste l'interrompit :

— Ecoute, je ne te demande pas de détails, je te connais et je te fais confiance ; si les problèmes sont réglés, c'est très bien, mais je ne veux pas d'histoires avec de Mistre. Sa famille est une des plus influentes de la région et il a un avenir politique ; quand tu auras remis les affaires en ordre, c'est lui qui reprendra la tête de l'établissement, pas Mme Rouquier, quelles que soient ses qualités et son charme personnel, alors je ne veux pas que tu gaspilles ton temps dans des querelles de vanité et que, après ton départ, tout s'effondre à nouveau. Si tu n'arrives pas à t'entendre avec de Mistre, encourage-le à s'occuper de politique régionale : il ne demande que ça, et pourra peut-être te faire obtenir une subvention du département, si tu fais en sorte qu'il y pense… Autrement, je vais être obligé de te rappeler dans mon service et de confier l'affaire à quelqu'un d'autre. Tu m'as bien compris ? »

Olivier avait parfaitement compris. Le ton était amical, mais le message était clair. Il remercia, raccrocha et prit la chemise du courrier.

Ce soir-là, il dînait chez un ancien camarade de son école d'ingénieurs. Après l'avoir perdu de vue dix ans, il avait été stupéfait de retrouver ici dans un emploi administratif obscur

Daniel dont l'audace l'avait jadis fasciné. Il montrait aujourd'hui la prudence et l'infinie patience d'un homme désabusé.

Olivier avait pourtant cherché à renouer et avait trouvé chez son ami une intelligence toujours aussi vive et une culture toujours aussi vaste. Quand Olivier lui avait parlé de complications apparemment inextricables, Daniel avait souvent su, au détour d'une phrase, suggérer le dessous des cartes et le fil d'Ariane. Sur le chemin, Olivier se répéta qu'il fallait l'aider à sortir de cet état dépressif. Dans la sérénité de la terrasse surplombant la vaste mer, il osa lui demander pourquoi il avait tant changé.

« Oui, pourquoi ? Pourquoi me suis-je lassé des chefs de service qui me passaient les dossiers tordus sans me donner tous les moyens de les régler et m'incitaient à la prudence, afin de pouvoir, en cas de succès, s'en attribuer le mérite et, en cas d'échec, m'en imputer la faute ? Pourquoi, un jour, n'ai-je plus supporté les collaborateurs qui exigeaient des marques de considération mais comptaient leurs heures de service, veillaient sur leurs droits mais ne connaissaient plus très bien leurs devoirs ?

— C'est l'Orient, que tu me décris-là ! », s'exclama ironiquement Olivier.

— « Pas même le Proche-Orient, quoique, depuis quelques années, j'aie vu devenir habituels, dans notre pays, des comportements dont, naguère, nous nous moquions chez nos sympathiques voisins transalpins. Leur bonhomie n'est pas, hélas, remontée elle aussi vers le nord.

— Tu exagères. Paris n'est pas Palerme !

— Ah oui ? Et que feras-tu le jour où, place de la Madeleine, tu auras l'impression d'être à Naples ? » Et comme Olivier ne répondait pas, il continua : « J'ai été formé par des gens qui avaient vécu les années troubles de la crise puis de la guerre : ils m'ont enseigné un dynamisme, une capacité de travail et d'initiative qui permettent de tenir tête en période difficile. Hélas, si tu me permets cette ironie, aujourd'hui, il n'y a pas réellement de problème dans notre pays, quoiqu'on dise.

— Pas de problème, avec la concurrence internationale, le chômage, les menaces pour l'environnement, le manque de logements ?

— Si tu préfères, la majorité des gens sont suffisamment satisfaits de leur sort pour ne pas ressentir le besoin d'en faire plus, même s'ils se plaignent de ne pas avoir assez. Dans les circonstances actuelles, même dans le feu de l'action, mes impulsions dérangeaient, quitte, plus tard, à les adopter comme règles.

— Je ne suis pas d'accord. Tes qualités ont leur emploi aussi bien en période calme qu'en temps de crise. Le développement industriel, les difficultés qu'il rencontre, est-ce que ce ne sont pas, justement, les problèmes auxquels on t'a enseigné à faire face ? Pourquoi rester à l'écart ?

— Désormais, je préfère réfléchir à froid, dans le silence de mon bureau ou de mon jardin. Ne te préoccupe pas à mon propos. Au plan physique, je me sens mieux que jamais, et j'ai atteint une précieuse disponibilité intellectuelle qui contribue certainement à la perspicacité que tu veux bien m'accorder. J'aime la vie dans sa matérialité et je profite d'autant mieux de chaque instant que j'ai perdu quelques illusions. J'ai trouvé des satisfactions qui me consolent des ambitions auxquelles j'ai renoncé.

— Des satisfactions bien solitaires… Tu aimes les belles choses, les fleurs rares, la bonne chère : pourquoi vivre en moine ?

— Tu me fais penser à mes parents qui s'inquiétaient de me voir seul mais m'auraient voulu constamment auprès d'eux… Et pour qui compromettrais-je la sérénité dont j'ai besoin ? Pour des amis qui ne songent qu'aux services qu'on peut leur rendre ? Pour une femme qui viendra troubler un mode de vie que je suis trop vieux pour changer, qui me contraindra à une vie sociale où je perdrai mon temps ? Ma première expérience m'a suffi ! »

Olivier avait déjà entendu Daniel faire des allusions rapides à un mariage malheureux : sa femme, semblait-il, ne lui avait pas été fidèle. Mais, visiblement, il ne souhaitait pas en parler, et, cette fois encore, il changea immédiatement de sujet, ajoutant sans transition : « Et pour ton adjoint, tu te fais toujours autant de soucis ? Je le croise quelquefois, sur le port. Il ne paraît pas si terrible. Un homme qui sait naviguer et qui apprécie le Saumur-Champigny ne peut pas être entièrement mauvais. J'essaierai de vous emmener en mer ensemble, une fois. Tu lui découvriras des bons côtés auxquels tu n'avais pas songé ; et puis sur un « mousquetaire » de six mètres cinquante, on est condamné à s'entendre. Tu sais, beaucoup de gens l'estiment dans la région : il doit bien y avoir une raison. Plutôt que de te noyer dans un verre à dent, tu ferais mieux d'oublier un peu tout ça et de prendre du bon temps avec ta charmante chef-comptable ! »

Olivier devint tout rouge : de quoi se mêlait-il ? Ou était-ce pour détourner la conversation ? « Mme Rouquier est mon assistante immédiate », répondit-il avec un calme affecté, « une précieuse collaboratrice qui a mon entière confiance, presque une amie, mais rien de plus. Il ne faut pas accorder foi aux ragots.

— Oh, je ne t'en parle pas pour remuer la boue ou glaner des informations, mais on ne peut empêcher les petites villes de jaser, par désœuvrement, par malveillance. Or on s'interroge sans doute jusque dans ton usine ! Peut-être la belle Patricia elle-même se pose-t-elle parfois des questions dans le secret de son âme ! Bien des hommes sont sensibles à son charme, sentent son anxiété et, dans le doute, te regardent d'un sale œil. Donc, si ton cœur n'est pas pris par ailleurs, ou s'il ne l'est qu'un peu, il y aurait peut-être avantage à donner discrètement un fondement aux rumeurs afin de les éteindre grâce à l'apaisement de la tension nerveuse. Enfin, à toi de voir, et pardon si ma franchise a pu te choquer ».

Pendant qu'ils parlaient, Daniel se rendait compte que les

années n'avaient pas changé son ami : fonceur et décidé à faire bouger les choses, il restait persuadé que la compétence, la persuasion et la détermination entraîneraient les faibles, rallieraient les indécis, décourageraient les adversaires et le mèneraient immanquablement aux buts qu'il s'était fixés. Il se demanda, sans d'ailleurs le lui souhaiter, si Olivier rencontrerait un jour ces situations où les objectifs même les plus modestes deviennent malaisés à atteindre, s'il découvrirait que bien des réussites ne sont qu'apparentes, s'il remettrait alors en cause certaines de ses idées.

Chapitre II

Claire pensait à ce garçon rencontré en Inde, elle revivait une fois de plus cette journée sans lendemain qu'il eût mieux valu, peut-être, oublier.

Elle revoyait la légère brume qui voilait, ce matin-là, les frondaisons du vaste parc d'Agra. Sur la colline toute proche, les verts multiples des feuillages n'étaient guère atténués, ni le rouge brun du sol, mais plus loin les couleurs s'estompaient jusqu'à une mince bande grise à l'horizon. Le dôme du Taj-Mahal brillait comme un motif d'argent au-dessus des arbres. Le ciel, d'abord très pâle, devenait plus bleu au fur et à mesure que le regard montait, pour atteindre au zénith une intensité sans concession qui semblait une promesse.

Malgré le soleil, un léger vent et la saison peu avancée contribuaient à maintenir une température agréable sans être excessive.

L'autocar qui l'emmenait à l'ancien palais moghol de Fatehpur-Sikri s'était rangé devant la gare pour une pause dont elle avait senti, en voyant descendre le chauffeur et converger les vendeurs ambulants, qu'elle serait longue. Elle s'était donc mise à l'écoute patiente de la vie quotidienne de la ville, tel l'Hindou assis en tailleur sur une murette à quelques pas de là.

Quelques passagers montaient encore de temps à autre dans le car désormais presque plein. Deux américains, las d'attendre, en étaient descendus, craignant de louper un train. Une famille indienne, avec la mère portant un bébé sur ses bras et un grand-père en dhoti, avait dû se disperser sur les rares sièges encore disponibles. Les marchands allaient et venaient, proposant, sans grand succès, qui des fruits, qui des gâteaux, qui de menus objets, prétendus souvenirs, aussi hétéroclites qu'inutilisables.

Devant la gare, un jeune marié et son épouse, qui portait en cette occasion solennelle une guirlande de fleurs, se faisaient photographier, entourés de quelques parents. Claire s'approchait du groupe pour se dégourdir les jambes lorsque le retour du conducteur et l'éloignement des marchands, signes précurseurs du départ, l'avaient poussée à regagner son fauteuil.

C'est avec une légère grimace qu'elle s'était alors découvert un voisin européen : elle aurait préféré dialoguer avec un habitant du pays, hélas il n'y avait plus d'autre place. Elle avait donc fait mine d'ignorer son sourire tandis qu'elle se rasseyait et que l'autocar partait enfin, se frayant un chemin dans la rue bruyante, encombrée de piétons, de cyclistes, de rickshaws, de taxi-vespas klaxonnant sans cesse.

Le chauffeur déployait des prodiges d'adresse pour doubler les charrettes, éviter une vache méditative au milieu de la rue, croiser presque en les frôlant des voitures, des camions, dont on eût pu croire qu'il faudrait pour cela écarter les façades ou du moins déplacer les échoppes des marchands de beignets, des coiffeurs, des quincaillers qui proposaient leurs services dans la poussière, devant les boutiques, au bord même de la route.

Lorsqu'ils eurent atteint la campagne et qu'elle avait commencé à se tourner vers la fenêtre, son voisin lui avait fait observer combien l'étang qu'ils longeaient, à moitié couvert de lentisques, et le vieil homme qui, sur la berge, gaulait les branches noueuses d'un saule, évoquaient un motif de porcelaine chinoise. Contre toute attente, cette entrée en matière n'était ni insipide, ni indiscrète ; elle pouvait même paraître intéressante. Claire avait goûté le discours rapide aux termes adéquats et riches de sens, elle avait mieux regardé son interlocuteur, sa figure jeune et intelligente ne lui avait pas paru de mauvais augure et elle s'était soudain sentie toute disposée à bavarder avec un compatriote.

Dehors, la campagne semblait prospère ; de minces canaux d'irrigation entouraient des champs sur lesquels un vent léger courbait des épis d'orge ; on voyait ça et là quelques arbres ou de petites huttes ; un couple de paysans était couché à l'ombre d'une meule, à quelque distance d'un petit autel sous une sorte de gloriette ; cette scène paisible les avait fait sourire ensemble.

Ils avaient alors parlé de cette Inde profonde qui est, dit-on, le véritable visage du pays, évoquant leurs souvenirs de Rudyard Kipling et de Satyajit Ray, puis ils s'étaient présentés en quelques mots. Elle ne s'était pas attendue à ce que cet homme cultivé fût ingénieur dans une usine de province : il faut dire qu'elle n'en avait guère rencontré jusque là… Il semblait, quant à lui, se réjouir de faire la connaissance d'une jeune enseignante. Tandis qu'elle s'interrogeait sur la suite de leur conversation, le car avait franchi l'enceinte crénelée de Fatehpur-Sikri.

Ils avaient suivi ensemble le guide parmi les pavillons presque sans murs de ce palais de grès rouge. Les guerriers nomades, avant de lui préférer le somptueux fort d'Agra, y avaient retrouvé l'image de leurs camps, et les puissantes colonnes, quoique sculptées, évoquaient les poteaux de leurs tentes. Prudents devant les flatteries des prêtres vaincus mais subtils, ces conquérants sceptiques avaient mêlé sur les frontons les symboles des nombreuses religions de leur empire. Echangeant de temps à autre un sourire, elle s'était amusée à imaginer avec Olivier la profusion de tapis, de tables basses, de coussins, de plateaux d'argent, de bijoux et de tambours qui peut-être avait meublé ce vaste cadre, et aussi l'odeur puissante des chevaux, des chameaux, des parfums de femme et des cuisines en plein air.

Au milieu de ce désordre rouge, raffiné et un peu fou, ils avaient découvert, comme un joyau dans un écrin, un temple blanc ciselé de fleurs et de dragons, qui semblait, par contraste, minuscule. A l'intérieur, la lumière tamisée par les treillis de marbre incitait au recueillement sur une stèle qu'on disait propice aux désemparés. Trébuchant sur le perron, elle s'était d'instinct appuyée à Olivier avant de traverser à nouveau les cours la main dans la sienne : elle en sentait encore le contact chaleureux et discret.

Pendant le retour, elle avait cherché à mieux le connaître. Elle avait compris qu'il dirigeait, depuis peu, une usine dans une zone de montagne. Elle se souvenait de sa description du hameau où il vivait, à l'ombre d'une église rustique, et de ses balades solitaires dans les collines boisées ou le long de la mer. Elle avait aussi un peu parlé d'elle... Elle gardait une heureuse impression de cette conversation à bâtons rompus, pendant laquelle ils n'avaient guère regardé le paysage.

Revenus à Agra, étourdis par le voyage, l'aventure et la chaleur, mais heureux, ils étaient aussitôt entrés dans un restaurant. Elle revoyait quelques-uns des clients encore à table en ce début d'après-midi : un sikh méditatif en complet-veston impeccable et dont l'imposant turban bleu géométrique, la barbe roulée sous un filet invisible et la belle stature indiquaient assez la religion, une très jeune indienne dont le profil pur, le sourire radieux et le magnifique sari de mousseline blanche brodée de fleurs rouges dégageaient un charme dont il fallait souhaiter que l'amoureux qui lui faisait face se montrerait digne, deux jeunes américains, agités et bruyants, aux vêtements sales. Dans ce refuge d'air climatisé et de lumière douce, ils avaient échangé leurs points de vue sur le pays, un peu pour mettre de l'ordre dans leurs récents souvenirs et dans leurs idées, un peu pour le plaisir de bavarder.

Claire avait déjà passé deux semaines en Inde ; une ancienne camarade d'études, en poste au consulat général de France à Bombay, lui avait permis d'y rencontrer beaucoup de gens et ses sentiments étaient mélangés. Les industriels avec qui elle avait dîné imputaient les difficultés économiques à la rigidité de la planification, mais ni leur compétence, ni les contrôles administratifs n'avaient empêché la catastrophe de Bhopal et ses deux mille morts. Elle les avait vu à la sortie côtoyer, comme s'ils ne les voyaient pas, des lépreux, des enfants contrefaits, des formes prostrées sur les trottoirs. Elle avait essayé, pendant deux minutes, de croire à la réincarnation, d'imaginer que, après une vie exemplaire, elle renaîtrait dans la peau d'une maharani et que si, au contraire, elle était perdue de vices, elle deviendrait une mendiante infirme, mais seulement jusqu'à la prochaine fois : son appréciation de la vie s'en était trouvée un instant ébranlée !

Elle se souvenait d'avoir dit à Olivier : « Ce n'est pas sans motif qu'on a longtemps parlé des Indes au pluriel. J'ai éprouvé des impressions disparates. Parfois plaisantes, telle la fraîcheur de l'accueillant palais d'été de Tippoo Sultan au milieu des collines fertiles du Deccan, mais quel contraste avec la chaleur moite du vieux port de Madras et ses maisons coloniales au pastel défraîchi ; avec les larges avenues et les palais tristes de la Nouvelle-Delhi ; avec la brise marine qui souffle sur le grand carrefour industriel et financier de l'Inde : Bombay, tournée vers l'avenir, mais qui garde encore la porte symbolique de l'empire britannique, « gateway of India », et, dans ses îles, les très vieux temples où Shiva montre un visage infiniment serein, soit qu'il médite avec le lotus, ou qu'il danse, Nataraja Shiva, dans sa roue ! Chacune de ces villes a d'ailleurs sa langue et son écriture : à Delhi, l'hindi dont les lettres sont comme suspendues à une tringle, à Madras le tamoul aux lettres enroulées comme des macaronis… Même contraste entre la misère de beaucoup et le luxe étalé par d'autres avec une ostentation dont l'Europe a perdu l'habitude. »

Olivier, lui, avait tiré des revues l'image toute différente d'un pays aux abondantes ressources agricoles, énergétiques et minières, assurant, malgré son retard technologique dans plusieurs domaines, la gamme complète des fabrications propres aux nations industrialisées, et qui faisait l'objet d'un intérêt croissant de l'administration comme des entreprises françaises.

Un ingénieur indien, assis à côté de lui dans l'autocar reliant Delhi à Agra, l'avait conforté dans sa vision d'une Inde en pleine mutation où les progrès s'accéléraient, où les contrôles administratifs s'allégeaient, où l'enseignement formait une jeunesse entreprenante, de moins en moins soumise aux préjugés des castes et des particularismes régionaux, et qui constituait l'espoir d'une Inde moderne et indépendante. Bien sûr, tout ne pouvait changer en un jour, mais une profonde évolution était engagée.

Claire sourit au souvenir de cet optimisme qui lui paraissait, hélas, excessif, même s'il n'était pas sans fondement. Faute d'avoir pu le tempérer, elle avait conclu, ce jour-là : « Les seuls éléments que j'aurai retrouvés dans l'Inde entière, c'est la poussière, hélas, et, dans les pensées, une certaine distance au monde : est-ce sagesse, je-m'en-foutisme ou cynisme cruel ? Je vous laisse le soin d'en décider ! Il règne ici une grande liberté, et la démocratie, mais certes pas la fraternité, ni même la solidarité. »

Puis, sortant du restaurant, elle s'était dirigée vers l'un des vélo-pousses, sans prendre la peine de négocier le prix de la course. A Olivier surpris, elle avait dû expliquer que, montée une fois dans ce rickshaw par hasard, elle l'avait ensuite retrouvé partout à sa disposition. Le conducteur, homme souriant d'une trentaine d'années, svelte et musclé, était serviable et connaissait bien sa ville. Quant au salaire, il s'en remettait à son appréciation : apparemment, il en était satisfait. Pourtant il vivait chichement, car, avait-elle appris, le rickshaw n'était pas à lui, et sa location dévorait le plus clair de ses gains. Pour l'acheter, il lui aurait fallu contracter un emprunt, et le taux d'intérêt aurait rendu le changement illusoire : le rickshaw aurait été à lui, mais, gage de la dette, il aurait porté la marque de l'usurier.

Elle avait pu voir Olivier rêveur devant ce paradoxe de la liberté économique poussée à son paroxysme et qui recrée des esclaves.

Le hasard allait apporter, peu après, une nouvelle justification à la réserve de Claire : dans la buvette du Fort-Rouge, ils avaient lié conversation avec le sikh assis à côté d'eux. « Je ne désire pas parler politique », avait conclu cet homme, après avoir laissé entendre presque dans un murmure que le meurtre, « non seulement d'hommes, mais aussi de femmes et d'enfants » au cours des émeutes qui avaient suivi l'assassinat d'Indira Gandhi, lui semblait de nature à expliquer, sinon à justifier, les violences des extrémistes du « Blue Star », qui, avait-il insisté, agissaient au Penjab, bien loin d'Agra. Claire et Olivier n'avaient pas obtenu davantage d'informations sur l'hostilité dont les sikhs, à en croire les journaux français, étaient périodiquement victimes en Inde, mais il était clair que cet homme avait peur d'être entendu, malgré le caractère presque anodin de ses paroles, et ceci, peut-être, était plus révélateur que son discours. Habillé de façon sobre mais propre, il parlait un anglais assez correct. Technicien dans un dépôt de l'armée indienne, il avait dû y être à l'abri dans les moments difficiles.

Dans la rouge forteresse aux épaisses murailles de grès, écrin des merveilles de l'empire moghol à son apogée, témoin muet d'exploits sans lendemain et d'intrigues lourdes de conséquences, Claire et Olivier avaient ensuite erré jusqu'à une cour qu'égayait un parterre multicolore devant le somptueux pavillon impérial, tout blanc sur son estrade de marbre. L'heure assez avancée avait entraîné le départ des touristes et l'arrivée des hirondelles ; elles dansaient leur merveilleux ballet dans l'air humide du soir commençant, dont les dômes de cuivre reflétaient la lumière particulière, et les chefs d'œuvres architecturaux où les artistes avaient déployé leur adresse la plus raffinée n'avaient soudain plus constitué qu'un décor pour les splendeurs de la nature. Cet instant qui semblait unique et qui, peut-être, s'était renouvelé chaque soir depuis trois siècles avait dissipé leur malaise et ils s'étaient soudain sentis plus proches.

Claire se souvenait qu'ensuite, traversant le parc, ils étaient restés encore un moment, au milieu des chants d'oiseaux, devant le Taj-Mahal que dorait le coucher du soleil, puis ils avaient regagné leurs hôtels. Avant de descendre du rickshaw, elle avait promis à Olivier de le retrouver là le lendemain, hélas son amie du consulat général de Bombay, qu'elle n'attendait pas avant trois jours, était dans le hall avec un programme qui imposait un départ immédiat. Claire avait vainement tenté de le modifier : elle n'avait rencontré Olivier que le matin même… Elle avait dû se contenter de laisser pour lui à la réception un message avec son adresse. Ce départ précipité, qui pouvait paraître lourd de sens, avait jeté une ombre sur la fin du voyage.

Aujourd'hui, elle espérait de jour en jour davantage un appel téléphonique qui devenait pourtant de moins en moins probable, et elle se reprochait d'avoir été légère.

Chapitre III

Pendant que Claire, ce soir encore, songeait à cette rencontre, Olivier, lui aussi, en revoyait certains épisodes, si bien rangés dans sa mémoire qu'il les faisait maintenant resurgir à son gré.

D'abord le moment où la porte du car, déjà fermée pour un départ imminent, s'était rouverte pour laisser apparaître la charmante silhouette de Claire ; tandis qu'elle s'approchait, il avait admiré son visage dont le contour délicat tempérait ce que le nez, un peu accentué peut-être, et le menton, marquaient de résolution.

Puis le petit temple blanc de Fatehpur-Sikri : quelle émotion, soudain, quand Claire, respectueuse, comme par jeu, de la tradition, avait pris le fil de coton que tendait un vieil homme pour nouer symboliquement au marbre un vœu secret !

Il se souvenait aussi du kiosque où Shah Jahan, captif, avait passé ses dernières années : là, assis l'un contre l'autre, ils avaient contemplé comme lui, au pied des remparts du Fort-Rouge, la courbe paisible du fleuve Jamuna bigarré d'îles, que surplombait, un peu plus loin, la pure blancheur du Taj-Mahal.

Mais que penser de son départ précipité, du message succédant aux espoirs de la nuit : « Mon amie a pu se libérer plus tôt que prévu. Hier soir elle m'attendait à l'hôtel pour la suite du voyage. Je souhaiterais vous revoir » ? Le souhaitait-elle vraiment, quoiqu'elle eût indiqué une adresse ? Ils n'avaient ni le même âge, ni le même métier ; ils n'habitaient pas la même ville : les instants de bonheur passés avec elle pourraient-ils se renouveler ?

Le lendemain était la Saint-Scapin, patron d'Aiguefière, jour traditionnellement férié. Préoccupé par ses conversations de la veille et par ses souvenirs nocturnes, Olivier décida, contre son habitude, d'en profiter pleinement. Ce matin-là, son humeur le conduisit d'abord dans une crique dont il appréciait la tranquillité.

Parce qu'elle était loin de la ville et qu'on n'y parvenait qu'après avoir longé d'autres plages plus vastes et plus prisées où le sable était plus fin, parce que la couleur de l'eau y était ça et là troublée par des bancs d'algues, parce que la pente y était forte et que le nageur s'y trouvait en quelques pas baigné jusqu'aux épaules dans une mer qui lui semblait plus froide, cette plage n'était guère fréquentée, accueillante à ceux qui apprécient un peu de repos en sortant de l'eau, si le ciel y est propice.

Oubliant un instant tout le reste, Olivier céda à cette double invitation de la baignade et du repos, sensations salutaires, puissantes et contrastées, bercées par la musique de la mer que ne brouillaient ni radio, ni conversation à tue-tête, ni rires vulgaires.

Il goûta le choc de l'eau glacée quand elle atteint le ventre et la décision soudain inéluctable de s'y jeter entièrement, la détente merveilleuse du corps en même temps qu'il oublie la tentation de la verticale, le mouvement fluide et profond de la mer, caresse et avertissement, enfin la lente lassitude.

Au-delà des rochers de granite brun-rouge qui encadraient la crique, il apercevait des îles loin dans la brume, de l'autre côté de la baie.

Il nageait d'une brasse nonchalante parallèlement à la grève presque déserte, lorsqu'il s'inquiéta un instant d'y apercevoir une silhouette baissée, cherchant peut-être des coquillages, qu'il savait rares, ou peut-être des piécettes, plus faciles à trouver... dans ses poches.

Plus tard, revenu sur le sable, il put voir avec soulagement qu'il ne s'agissait pas de quelque rôdeur louche mais d'une dame à l'air attristé qui glanait ça et là les détritus épars pour les rassembler en un petit monticule, tout en surveillant du coin de l'œil un garçonnet sortant de l'eau, son fils peut-être, ou même son petit-fils, car elle n'était plus très jeune, malgré sa poitrine dévoilée comme c'est aujourd'hui l'habitude.

Tandis que le garçon, une plume à la bouche, bondissait en chantonnant gaiement « Je suis un oiseau ! », il échangea quelques mots avec cette femme solitaire pour déplorer l'insouciance de ceux qui dégradent le site dont ils viennent de profiter.

Cette conversation imprévue, si simple et brève qu'elle ait été, porta à son comble le délassement qu'apporte la mer bienfaisante, et c'est la paix au cœur que, après s'être un peu attardé sur le sable, il se dirigea vers le restaurant tout proche.

A défaut du poulet mughlaï à la sauce enrichie d'un œuf, du mouton au curry et du dessert de carotte râpée gorgée de sucre, de raisins secs et de noix de cajou qu'il avait goûtés à Agra avec Claire, atténuant le feu des épices avec du lait fermenté et quelques galettes indiennes, on lui servit, sur la terrasse aux belles charmilles, un régal de chevreau rôti sur les sarments, arrosé de vin généreux.

Il repensa à son ami Daniel, qu'il regrettait de ne pouvoir arracher à sa vie d'ermite riche, il sentit la menace de tomber dans un même éloignement du monde s'il poursuivait une vie solitaire entièrement tournée vers ses activités professionnelles, il revit le charme épanoui de la séduisante Patricia Rouquier, dont il avait pu apprécier, la veille encore, le dévouement... Le souvenir lumineux d'un jour de vacances allait-il l'empêcher de saisir le bonheur à portée de main ?

Après le repas, il voulut profiter de la fête et du carnaval qui marquent la Saint-Scapin. A Aiguefière, les enfants étaient tous déguisés, qui en page au pourpoint de soie, une large plume à la toque, qui en marquise à l'ample jupe, qui portant barbe postiche et chapeau haut-de-forme... Ils jetaient des confettis et l'on sentait, sous le ciel bleu, une excitation inhabituelle. Les serpentins, désuets, étaient remplacés par des bombes à vaporiser dont le souple jet coloré s'allongeait et venait s'accrocher aux vêtements, pour s'en détacher d'ailleurs aussi facilement, comme il put le constater lorsqu'une adolescente espiègle déguisée en bayadère l'aspergea au passage.

En attendant le cortège des chars, les terrasses des cafés étaient combles, et pour se reposer de la bousculade des trottoirs sans rien perdre du spectacle, il dut s'asseoir sur les marches de la grande poste. Là, après avoir souri des costumes hétéroclites et des groupes d'adolescents qui se poursuivaient en s'arrosant de rubans roses et verts, il songea aux masques, parfois aussi grotesques, parfois aussi évidents, que tous ces passants, et lui aussi peut-être, se donnaient dans la vie quotidienne et dont certains étaient eux-mêmes les seules dupes.

A ce moment, il aperçut sa belle collaboratrice. Ils bavardèrent un instant, puis Patricia Rouquier prit son courage à deux mains et s'assit à côté de lui :

« — Vous vous y prenez mal avec M. de Mistre, qui vous cause tant de soucis.

Olivier avait assez confiance en elle pour accepter une franche discussion, puisqu'elle l'avait engagée : la décision lui appartiendrait.

— Ah oui ? Que me conseillez-vous ?

— D'abord, tenez compte de sa personnalité. La société vous a envoyé ici parce que sa nouvelle succursale ne marchait pas correctement, mais elle ne renverrait pas pour autant un notable qui jouit dans la région de plus de crédit que vous.

— Il a beau s'appeler M. Jérôme Louffier de Mistre, il parle souvent à la légère et boit plus que de raison.

— Peut-être, mais ça ne choque pas autant que vous l'imaginez. La terre est pauvre, dans ces montagnes. Les gens ont longtemps vécu chichement de châtaignes, de fromage et d'œufs, avec un peu de lard et du chevreau les jours de fête, loin de la culture et de la loi des villes, guidés par la seule tradition et, ça et là, par les lumières du clergé. Ceux qui le pouvaient partaient chercher ailleurs un sort plus enviable. Les plus brillants sont devenus célèbres dans l'armée, les médiocres sont entrés dans l'administration coloniale, les pires ont rejoint la pègre. La transition était facile entre le monde patriarcal de leur enfance et ces univers élémentaires et hiérarchiques. Lui, il est parti commercer quelques années sous les tropiques et personne ne lui en fera le reproche, même s'il en a rapporté un certain penchant pour l'alcool. Elevé dans le respect de la famille, il n'a jamais oublié l'obligation de solidarité, et pour la plupart des gens, ici, ça compte plus que le fait de boire un peu.

— Aujourd'hui les colonies sont indépendantes, l'armée ne recrute plus qu'au compte-gouttes et les entreprises ont besoin de gens qui travaillent correctement.

— C'est quand même lui qui a eu l'idée de créer cette usine. Il n'y en avait aucune de ce genre, par ici, et beaucoup le considèrent comme un Napoléon de l'économie. C'est bien compréhensible que le village l'ait choisi comme maire ; en plus un de ses oncles est vice-président du Conseil général. Il fonde sa popularité sur la démagogie locale, mais c'est efficace, en tout cas à court terme. Il peut vous nuire beaucoup.

— Dois-je alors tolérer des contrats de complaisance avec ses cousins, des colères d'ivrogne et une désinvolture dans le travail qui va à l'encontre de l'état d'esprit que je voudrais créer ?

— Songez plutôt aux bons côtés de vos interlocuteurs ! M. de Mistre répète volontiers : « Sans progrès technique, la jeunesse se tournera vers la drogue et la délinquance ! ». Aidez-le à lancer des campagnes dans ce sens.

— Qu'apporteraient-elles ?

— La question n'est pas là. Vous pensez qu'ici, les gens parlent beaucoup pour ne rien dire, mais cette région est MA région : je ne partage peut-être pas votre point de vue. Ce que je propose ne porterait tort à personne et pendant ce temps-là, vous seriez tranquille pour diriger l'usine, les actions politico-culturelles de votre adjoint contribueraient à aplanir vos relations avec tout le monde et vous auriez peut-être enfin le permis de construire du hall d'exposition. »

Olivier appréciait la pertinence de ces suggestions, et plus encore les sentiments qui pouvaient les inspirer. N'était-il pas temps d'oublier Claire ? Mais le cortège approchait et il fut séparé de Patricia par la foule exubérante. Dans le vertige d'un oubli momentané des contraintes et des incertitudes du quotidien, les chars passaient avec leurs pantins grotesques, leurs décors de carton pâte, leur fanfare et leurs figurants travestis qui jetaient des confettis à droite et à gauche.

Olivier préféra aller chercher en dehors de la ville la sérénité nécessaire à une grave décision. Presque en face de la plage, il prit le chemin de terre qui montait raide, longeant un ruisseau dont il entendait, par instants, la chanson légère. Parvenu déjà haut, il continua d'un bon pas dans un sentier qui tantôt traversait la forêt et tantôt la côtoyait, offrant le spectacle de la large baie, des montagnes qui l'entourent, des plages qui la bordent, des pointes qui la cisèlent, des îles qui la prolongent et, dans le lointain, du petit port d'Aiguefière. Olivier tombait alors en admiration. Il entendit soudain le bruit d'une clochette, l'aboiement d'un chien, et bientôt croisa un berger qui poussait de la voix et du geste une vache brune et deux ou trois veaux. Il le salua d'un « Bonjour ! » sonore tout en portant la main à son chapeau et poursuivit son chemin avec une gaieté redoublée : dans ces collines aussi, des hommes menaient une vie apparemment laborieuse et paisible.

Enfin il s'abandonna à la nature qui l'environnait, humant les parfums du maquis, contemplant autour de lui les magnifiques corolles blanches des cistes, les grappes de fleurs de la bruyère en arbre ou du laurier-tin, les touffes charnues d'aloès, la lavande violette et le myrte qu'on dit propice aux amoureux. Soit que cet arbre mérite sa réputation, ou peut-être pour d'autres causes, il se souvint soudain des paroles généreuses de Claire devant le Taj-Mahal que son long canal bordé de fusains prolongeait jusqu'à eux dans la lumière douce des fins d'après-midi, avec ses incrustations florales de jaspe, de malachite, de tourmaline et d'agate et ses noires inscriptions arabes au contour fantasque : « J'éprouve ici le sentiment terrible de mes limites : que faire ? quel secours apporter à ce sikh persécuté, à ce lépreux infirme, à cet analphabète ? Si j'étais médecin, si j'étais missionnaire, si j'étais un puissant politique, je pourrais tenter quelque vaste démarche, mais je ne suis rien de tout cela, et presque rien du tout face aux traditions de l'Asie, alors je donne ce que j'ai : un sourire au malheureux, une modeste aumône au mendiant... C'est bien peu, pourtant cela les aidera à tenir peut-être jusqu'à demain, avec l'espoir que demain quelque secours les soutiendra encore jusqu'au lendemain ».

Il pensa alors qu'épouser la belle Patricia Rouquier, c'était céder à l'attrait d'un confort stable en renonçant à une part de ses rêves, comme l'aurait fait un Jérôme Louffier de Mistre. Il serait temps de s'y résigner si la compagne espérée d'une vie dynamique et fluide, chaque jour meilleure, si Claire, frivole, l'avait oublié.

Il était rentré chez lui épuisé mais heureux, songeant soudain à la fête du Grand Meaulnes. Il lui semblait maintenant qu'oublier Claire aurait été, pour lui, aussi grave que, pour le Grand Meaulnes, d'oublier le domaine mystérieux, sans lequel on devient comme Daniel ou comme de Mistre. Il décida de téléphoner le soir même.

Chapitre IV

Il n'y avait plus de place sur les bancs panoramiques. Claire et Olivier avaient dû trouver un siège de fortune sur le bastingage où s'entassaient d'autres touristes. Le soleil tapait dur et le chapeau de brousse d'Olivier, après des coups d'œil ironiques, avait bientôt provoqué des regards d'envie. Après une longue attente, la vedette avait quitté le port de plaisance, croisant un vieux rafiot ventru, ancienne tartane qui montrait encore la base de ses mâts aujourd'hui coupés.

C'est Claire qui, dès son arrivée à la gare, avait exigé de commencer son séjour par une excursion en bateau.

Le bruit du moteur n'aurait pas empêché une conversation mais ils hésitaient tous deux à évoquer d'emblée le départ impromptu de Claire de son hôtel d'Agra et la période qui l'avait suivi, préférant goûter en silence le plaisir d'être à nouveau ensemble. Il n'en allait malheureusement pas de même de leurs voisins, aussi Claire, exaspérée, finit-elle par se lever, à mi-route, avec un sourire d'excuse, pour aller se placer, debout, à l'avant du pont, observant tantôt l'île qui, peu à peu, se dégageait de la brume avec les rochers aux formes étranges qui la précèdent, tantôt les montagnes abruptes qui bordent la baie, tachées çà et là par la trace d'un incendie.

L'embarcation était déjà assez éloignée du rivage pour que la houle, sans être forte, se fasse pleinement sentir et Claire, campée comme un vieux loup de mer sur ses pieds écartés, légèrement courbée, en suivait le rythme et semblait danser la rumba, fouettée par les embruns que projetait le choc des vagues contre l'étrave. Sans doute y trouvait-elle le plaisir de quelque réminiscence et Olivier, qui n'avait plus à découvrir le littoral, éprouvait un grand plaisir à la regarder.

Enfin, la vedette s'amarra à la jetée décatie de l'île. Tandis que la plupart des passagers, accablés par la chaleur, s'agglutinaient sur les rochers de la petite anse pour une baignade qui n'exigeait pas une si longue traversée, Claire et Olivier, enlacés, évitant aussi de se joindre aux touristes endurcis qui, méprisant la canicule, grimpaient vers le phare d'où les guides leur promettaient une vue mémorable, cherchèrent le calme sur un sentier désert et bientôt, isolés sur l'autre rive, s'assirent face au large.

« Je suis heureuse de cette excursion, dit alors Claire, car je n'ai pas gardé bon souvenir de ma dernière expérience de ce genre. C'était à Dinard, il y a trois ans. L'ami avec qui j'étais avait voulu faire la promenade en bateau du prestigieux cap Fréhel pour montrer qu'il avait le pied marin parce qu'au lit, il était plutôt insuffisant : il imaginait sans doute que ceci allait compenser cela... Ça te donne une idée du bonhomme. Moi, j'étais bien déçue parce qu'au début je l'avais admiré comme un petit dieu, et comme j'étais follement naïve, à l'époque, encore plus que maintenant, j'avais attendu des merveilles. Il avait quelques années de plus que moi, je le trouvais extraordinairement intelligent, je me disais : on va se marier et on sera très heureux ensemble, comme dans les contes de fées. Là où ça devient drôle, c'est qu'en Bretagne, même au mois d'août, il ne fait pas beau tous les jours, et la mer était un peu agitée. Oh, ça n'était pas la tempête, mais enfin il y avait vraiment des vagues, alors au début, il a pris un ton protecteur, mais petit à petit, il est devenu tout pâle, et à la fin il avait carrément le mal de mer. C'était ridicule. Quand on est revenu au port, il pouvait à peine marcher, il s'est même allongé sur le quai, comme s'il allait mourir. Moi, je commençais à en avoir assez. Et le plus marrant, c'est que c'est lui qui était furieux. J'étais aux petits soins pour lui, mais rien n'était à sa convenance. J'ai fini par dire que ça suffisait comme ça, alors il s'est mis à crier, et même à pleurer. Le lendemain, j'ai repris le train pour Paris. J'en avais assez vu. Mais tu comprends maintenant pourquoi je voulais exorciser ce vieux démon ».

Olivier avait écouté Claire sans l'interrompre, respectant ses pauses, et, quand elle se fût arrêtée, l'embrassa longuement, puis ils restèrent un moment silencieux. Sans doute revivait-elle encore ces instants. Quant à lui, il avait apprécié l'estime que marquaient ces confidences, qui avaient dû la soulager. Ensuite il avait présumé que cet homme intelligent, mais trop isolé du monde, avait élaboré, dans son esprit, des références imaginaires qu'il avait érigées en règles universelles, et il n'avait pu écarter l'intuition qu'il n'était pas, lui-même, à l'abri de ce travers. Si Claire s'était sentie aimée telle qu'elle était et respectée comme elle le méritait, et non comparée sans cesse à une femme idéale, alors cet incident n'aurait eu aucune importance. Pourtant il l'avait aimée, d'une certaine manière, puisqu'il avait cherché à mettre en valeur ce dont il se sentait le plus fier, mais on est si mal placé pour se juger soi-même ! Ce que les autres remarquent chez nous, ce qui les attire, ce qui les agace, eux-mêmes n'en ont pas toujours clairement conscience : comment le devinerions-nous ? C'est peut-être aussi important, dans la vie, d'avoir confiance en l'autre que d'avoir confiance en soi. L'expérience montre, avec chacun, jusqu'à quel point elle peut aller (sans négliger les bonnes surprises). Tout en se demandant, à nouveau, s'il mettait lui-même en pratique ces réflexions, Olivier préféra les garder pour lui : certains souvenirs sont comme des cicatrices qu'il est dangereux même d'effleurer.

Il conseilla simplement à Claire, comme ils reprenaient le chemin du bateau, de ne pas trop songer à une étape parmi beaucoup d'autres sur le chemin mystérieux qui les avait réunis. « Je commence à comprendre », répondit-elle en souriant, « pourquoi cette île a inspiré tant d'écrivains ». Ils souhaitaient maintenant tous deux épancher leurs sentiments, malheureusement le retour fut troublé par les commentaires oiseux d'un marin et ils revinrent au port sans avoir vidé leur cœur ni apaisé leurs inquiétudes.

Après la cohue sur le bateau, les quais semblaient vides : la saison n'avait pas encore vraiment commencé. Les quelques boutiques qui longeaient le port proposaient en vain aux rares touristes des vitrines miteuses à l'ombre insuffisante des palmiers. Les ruelles obscures et bruyantes laissaient entrevoir du linge pendu entre les fenêtres. La place du palais de justice, en travaux, semblait vouée à rester longtemps un terrain vague. Par sa taille modeste et sa décoration naïve, la cathédrale ne différait guère d'une église de village. Les quelques passants marchaient d'un pas nonchalant comme s'ils n'eussent pas eu de but précis. Les vestiges d'une forteresse dominaient cette ville qui donnait à Claire une impression pénible de délabrement et d'irrémédiable pauvreté.

Pourtant elle ne parvenait pas à s'intéresser aux perspectives économiques que traçait Olivier au pied des façades décaties de maisons jadis aristocratiques. Elle admirait son désir de redonner espoir à cette misère immobile mais il pensait vraiment trop au monde et pas assez à elle, qui eût souhaité un enthousiasme plus tendre et moins héroïque. Sa visite semblait tenir bien peu de place devant les projets hardis de son ami et elle se sentait négligée. Après tout, songeait-elle, il est chargé de diriger une usine, pas de sauver le département ! Olivier, quant à lui, se rendait compte que son amour le rendait timide et dangereusement maladroit.

Derrière l'hôtel de ville au carillon de bronze, dont le jaquemart semblait le dernier habitant de la ville à poursuivre sa tâche malgré le sort contraire, une vaste galerie proposait des réalisations artisanales : écharpes ou abat-jour de soie peinte, pochettes de cuir travaillé, boîtes ciselées, pendentifs en émail ainsi qu'une grande variété de faïences. Enthousiasmée par la gaieté naïve de ces assiettes et de ces cruches délicatement ornées de fleurs, Claire en fit la remarque : « Si les gens d'ici peuvent produire d'aussi jolies choses, tout n'est pas perdu !

— Avec des techniques d'un autre âge, d'un coût exorbitant. Des souvenirs pour les touristes dont la région devient tributaire, au lieu de vivre de son industrie. Attends d'avoir passé plus de temps ici.

— Tu n'y vis, toi-même, que depuis quelques mois », rétorqua Claire furieuse.

Dans l'espoir de redresser la situation, Olivier lui offrit un foulard aux couleurs éclatantes qu'elle noua joyeusement autour de son cou. Pourtant c'est en silence qu'ils revinrent sur le port où, mal à l'aise, ils s'assirent à la terrasse d'un café, écoutant le clapotis de la mer sans routes et sans fin.

Des huîtres et des langoustines arrosées d'un vin blanc local leur rendirent assurance et bonne humeur. Ils commençaient enfin à parler en confiance quand ils virent s'approcher en boitillant un homme d'une élégance un peu trop voyante. Olivier présenta à son amie M. Louffier de Mistre et fut bien forcé de l'inviter à prendre le café avec eux quand celui-ci eut triomphalement annoncé qu'il venait d'obtenir le permis de construire si longtemps attendu pour le hall d'exposition. « Votre ami », dit à Claire cet intrus visiblement très à son aise, « est un jeune homme dynamique et intelligent que je m'efforce de seconder du mieux que je peux dans ses efforts pour industrialiser nos montagnes où l'on espérait depuis longtemps quelqu'un de sa valeur. Il a compris les aspirations des habitants de la région et je tiens à le remercier devant vous des facilités qu'il a bien voulu m'accorder dans ce sens ». Puis, s'adressant à Olivier : « S'il y a eu, jadis, des malentendus entre nous, ce n'est maintenant plus qu'un mauvais souvenir. J'ai d'ailleurs commencé à sonder le terrain pour une subvention du département dont j'estime qu'elle vous est due : au-delà de son montant, elle manifestera le soutien de ceux qui souhaitent le progrès et la prospérité de ce pays sans rupture avec la tradition. Au risque de paraître intervenir dans ce qui ne me regarde point, j'ose vous dire, cher ami, puisque je vous rencontre en compagnie de cette charmante jeune femme, que c'est notre vœu à tous de vous voir fonder un foyer et vous fixer parmi nous ».

Comme on le voit, Olivier avait suivi les sages conseils de son directeur et de sa belle assistante. M. de Mistre était aujourd'hui sincère dans ses louanges comme il l'avait été naguère dans sa conviction de subir une malveillance humiliante, car les encouragements qu'il avait reçus d'Olivier dans ses efforts politico-médiatiques, quoiqu'au fond de son cœur il les jugeât tardifs, lui semblaient une reconnaissance de sa valeur et l'avaient aidé à accroître sa popularité. On voyait d'ailleurs de nombreux passants saluer respectueusement M. Louffier de Mistre ; lorsqu'ils voulaient lui parler, celui-ci les écartait d'un geste amical ; il ne put cependant empêcher une jeune mère de s'approcher un instant, avec son bébé dans ses bras.

Claire regardait sans sympathie ce hâbleur à la fine moustache qui se permettait de les déranger, étalant avec ostentation sa pochette de soie assortie à la cravate et sa canne à pommeau ciselé. Elle pensait avec dépit qu'Olivier avait déployé plus d'adresse pour gagner ces éloges pompeux que pour exprimer aujourd'hui sa tendresse envers elle. Quand il partit enfin après avoir sollicité une visite comme une faveur, elle vida son café et se leva aussi : « Allons-nous en de cette ville décrépie. Emmène-moi dans les montagnes ! ».

Ils longèrent d'abord un fleuve côtier bordé de minces cultures maraîchères et d'orangeraies que surplombaient les montagnes étonnamment proches dont les hautes falaises rougeoyantes venaient, par endroit, presque jusqu'à la route. Au loin, les sommets étaient encore enneigés. Au fur et à mesure qu'on s'éloignait de la côte, les champs cédaient la place aux pâturages et aux friches. Les maisons devenaient rares. Au moment où la pente commençait à s'accentuer et la garrigue à remplacer les prés à l'herbe courte, ils aperçurent des ruines sur une butte qui les avait protégées des crues d'orage et des hautes eaux de la fonte des neiges comme un vieux vaisseau perdu en pleine nature. Bifurquant soudain à droite, Olivier s'arrêta en haut d'un raidillon devant une pelouse sauvage, de la longueur à peu près d'une grosse ferme quoique plus étroite, bordée de fûts de colonne brisés, vestige, peut-être, d'un portique. On voyait, à une extrémité, quelques restes d'un petit bâtiment carré et la trace d'un large perron ; à l'autre bout, où paissaient quelques moutons, plusieurs marches en mauvais état menaient aux décombres d'une construction plus imposante qui pouvait avoir été, jadis, palais, tribunal ou caserne ou peut-être les trois à la fois. « Voilà tout ce qui subsiste de la cité romaine d'où le proconsul faisait régner une administration de fer sur les régions environnantes », dit Olivier. « Quelle leçon de modestie ! », répondit Claire en souriant.

Pensifs, ils reprirent, sans rien ajouter, la route maintenant sinueuse qui grimpait à travers la montagne. Aucun d'eux n'avait encore osé aborder les questions qui leur tenaient le plus à cœur. Ils s'arrêtèrent un peu plus haut dans un village qui ressemblait à celui du carrier Jean Lambier ; une statue de Diane armée de son arc surmontait la fontaine ; de la terrasse du café, ils pouvaient contempler des vallées aux versants couverts de forêts et, en contrebas, un lac de barrage.

« As-tu remarqué le monument aux morts de 14-18 ? », demanda soudain Claire. « Tant de noms pour une si petite bourgade ! On comprend qu'elle soit aujourd'hui presque abandonnée, avec aussi les blessés graves, infirmes pour la vie. Dans l'une des familles, cinq hommes ont disparu... Et j'ai observé la même chose partout où nous sommes passés.

— La « grande guerre » n'a épargné aucun village, aucune famille de France, tu sais.

— C'est vrai, mais au Havre ou dans le Nord, les mouvements de personnes, les immigrés d'Italie ou de Pologne, ont peu à peu comblé les vides, vaille que vaille. Qui serait venu s'installer dans ces hameaux à l'écart des grand'routes, entourés de bois ou de maquis ?

— La France devait-elle accepter que la Prusse maintienne en Alsace et en Lorraine une annexion que les habitants rejetaient ? Notre pays doit-il, demain, s'incliner devant la force plutôt que de chercher à défendre la république et son territoire ?

— Non, certes, » répondit Claire en souriant. « Pourtant, je suis effarée, parfois, par les sacrifices consentis. Après l'humiliation des départements perdus en 1871, la France subissait la guerre sur son propre sol. Un compromis aurait préservé bien des vies. Dès 1916, le successeur de François-Joseph a tenté de négocier une paix séparée pour l'Autriche-Hongrie à bout de souffle. S'il y avait réussi, il aurait été rapidement suivi par l'empire Ottoman, pris à revers par les Anglais, puis, en définitive, par la Prusse soudain seule contre le monde entier, qui aurait bien dû accepter de repasser le pont de Kehl. Peut-être en serait-il résulté pour l'Europe une paix plus solide que celle du traité de Versailles qui abaissait l'Allemagne sans donner à la France les moyens d'une domination durable.

— Alors Prague serait restée autrichienne, le Kaiser serait resté sur son trône et la France aurait renoncé à toute réparation malgré les invalides de guerre, malgré les ravages subis par ses riches départements du nord et de l'est et la destruction de leur patrimoine industriel et agricole, malgré le terrible alourdissement de la dette publique ?

— D'abord une monarchie parlementaire fédérale, même avec Guillaume II, ça n'est pas pire que le nazisme. Ensuite l'Allemagne n'a versé qu'une infime partie des dommages de guerre ; d'ailleurs, comment ceux-ci auraient-ils compensé un million quatre cents mille morts, le quart d'une génération, et sans doute le meilleur quart : en 14, seule quelque faiblesse physique ou morale avait retenu à l'arrière ceux qu'on appelait « les planqués » ? L'Allemagne avait eu aussi ses morts ! Quant aux états nations d'Europe centrale si chers au président Wilson, l'administration autrichienne semble rétrospectivement bénigne comparée au joug auquel Prague, justement, s'est vue rappelée par les chars soviétiques. Faut-il à tout prix amalgamer état, culture et religion ?

— La France n'était pas seule : l'Italie, la Serbie étaient-elles prêtes, malgré leur faiblesse, à cesser les hostilités sans les contreparties territoriales revendiquées par leurs irrédentistes ? D'autre part les hommes politiques français de l'époque conservaient une hostilité anachronique envers l'Autriche, adversaire séculaire, patrie de Marie-Antoinette, reine détestée, frivole, dépensière et tyrannique, symbole de l'absolutisme catholique et rétrograde : réduire le pouvoir de Vienne et développer, pour faire contrepoids, celui de Belgrade leur paraissait un des objectifs majeurs de la guerre.

— C'est quand même étrange : lorsqu'un chasseur tire, il vise le point où l'animal sera au moment de l'arrivé de la balle, pas celui où il était cinq minutes avant. Or ce bon sens dont l'être humain fait preuve dans une activité somme toute secondaire, on dirait qu'il l'oublie quand l'enjeu devient essentiel, ainsi le voit-on poursuivre dix ans durant des objectifs fixés longtemps auparavant sur des critères qu'il a depuis dix fois remis en cause sans modifier son action en conséquence. Aussi, quand il atteint son but, le trouve-t-il souvent de peu de prix en comparaison de ses efforts, voir même en contradiction avec la vision du monde qu'il s'est forgée entre temps.

— Un autre obstacle à une paix de compromis était la volonté, chez beaucoup, de « punir » les Allemands pour avoir déclaré la guerre, pour y avoir introduit, malgré la convention de La Haye, les horribles gaz de combat, pour leurs brutalités envers les populations civiles. Une rancune confuse pour toutes les souffrances subies.

— Peut-être la rancune est-elle, comme la colère, mauvaise conseillère ? Après avoir cherché à vaincre ou à convaincre, pourquoi ne pas essayer d'écouter ? Est-ce que vraiment c'est toujours entièrement la faute de l'autre et pas du tout la sienne ? Peut-être faut-il faire l'effort de regarder vers l'avenir, d'aller de l'avant, plutôt que de ressasser ses rancœurs, de s'enliser dans des préjugés ? Plutôt que de pleurer sur ses faiblesses, de se complaire dans ses routines, pourquoi ne pas chercher à les surmonter et faire un tremplin ou un rempart de ce qui paraît un obstacle ? Peut-être, après l'affrontement, y a-t-il un temps pour l'union ? ».

Olivier se sentait profondément interpellé par les commentaires et les questions de Claire, mais s'en tint à une réponse prudente : « Il n'est pas facile de reconsidérer en cours de route sa décision initiale, ni de parvenir à l'analyse sereine d'une action en même temps qu'on la mène.

— Ce serait pourtant le meilleur moyen d'éviter de telles différences entre certains projets et leur réalisation », conclut Claire, songeuse, en finissant son verre.

Rien ne ressemblait à ce qu'elle avait espéré, ni les paysages, si différents de ceux du nord de la France, ni le petit port délabré, ni même Olivier, si avare de tendresse. Il n'avait pas encore évoqué les sujets dont elle aurait voulu parler. Il est vrai qu'elle ne les avait pas abordés non plus, pourtant c'est bien à elle qu'elle pensait en prononçant cette conclusion, et ils restèrent tous deux silencieux tandis que, traversant les cols et les ponts, de virage en virage, ils se rapprochaient de la maison d'Olivier.

Quand, au déclin du jour, ils furent enfin arrivés et qu'Olivier eut porté les valises de Claire, elle eut la surprise de l'entendre dire : « Je te laisse te reposer un peu. Je passe en vitesse à l'usine m'assurer qu'il n'y a pas de problème ». Elle n'essaya pas de le retenir. Elle se sentait fatiguée, en effet, mais surtout préoccupée. Le mobilier de bois sombre lui paraissait austère et hostile et contribuait à son malaise. Elle n'avait pas le cœur à défaire ses bagages. Elle s'assit dans un fauteuil sans y trouver la sérénité. Le souvenir des instants merveilleux d'Agra ne faisait qu'augmenter sa déception présente. Au bout d'une heure, n'y tenant plus, elle se leva et prit la direction de l'usine. Elle entra sans encombre dans les bureaux à cette heure vides et marcha vers celui où elle entendait du bruit. Elle y aperçut, en effet, par la porte vitrée, Olivier en discussion animée avec une femme qui lui parut très belle et qui était Patricia Rouquier. En proie à une violente jalousie, elle revint sur ses pas. Un autocar était à l'arrêt au bord de la route. Elle demanda au chauffeur de l'attendre. Quand Olivier rentra enfin chez lui, un peu gêné d'avoir été plus long que prévu, mais heureux de passer bientôt la soirée avec Claire, il trouva bien en évidence sur la table le message suivant : « Je vois que je me suis trompée. Je rentre chez moi ».

Chapitre V

La première réaction d'Olivier fut la colère absurde d'un homme désemparé. Des problèmes personnels allaient obliger sa précieuse adjointe à une absence imprévue : il avait bien fallu faire le point sur les dossiers en cours. Claire aurait quand même pu patienter : ils auraient toute la vie pour être ensemble ! Au bout d'un instant, il comprit qu'il avait tort : à tout prix la rattraper ! S'expliquer franchement, s'excuser et repartir ensemble ! Mais pendant son absence, deux autocars avaient traversé le hameau. Lequel suivre ? Olivier supposa que Claire était retournée vers la gare d'Aiguefière où elle était arrivée le matin même et qui était la plus proche. Sautant dans sa voiture, il reprit aussitôt cette direction.

Le hasard conduisait, ce soir-là, sur les routes de montagne, d'ordinaire désertes à pareille heure, les principaux personnages de cette histoire. Ainsi Daniel, fatigué par une journée bien remplie, s'était réjoui d'apercevoir, au tournant d'un village, l'enseigne hospitalière d'une auberge rustique, répit bienvenu au moment où la nuit tombante, estompant peu à peu le tracé irrégulier des crêtes, commandait une prudence accrue sur la route sinueuse aux redoutables lacets abrupts. Attablé devant un épais potage dans lequel la cuillère restait droite, il contemplait la cheminée où dorait pour lui sur les bûches crépitantes une plantureuse omelette agrémentée de saucisses fumées, il en savourait l'odeur alléchante tandis que, derrière le comptoir, la petite patronne pétulante bavardait interminablement avec deux ou trois habitués, quand il fut soudain tiré de son indolence par l'irruption dans la salle de Patricia Rouquier, visiblement affolée, qui répétait en haletant : « Quelqu'un peut-il me conduire à Aiguefière ? Je vous en prie ! »

Elle reconnut Daniel : « Mon fils vient d'avoir un accident », lui dit-elle. « Il est à l'hôpital, dans le coma. Je suis tombée en panne à l'entrée du village. Est-ce que vous pouvez me conduire ? ». Daniel vida son verre de vin, posa un billet sur la table et la guida vers la voiture, après un geste d'excuse à la patronne. Il était impressionné par le magnifique regard de Patricia : elle faisait face au malheur avec la détermination sans limite des mères. Peu à peu, elle retrouvait une sérénité apparente, bandant ses forces pour affronter l'inconnu. Pendant le trajet, il respecta son silence, devinant qu'elle ne savait encore presque rien, simplement, une fois arrivé, lui posa-t-il la main sur le bras en demandant : « Tenez-moi au courant, s'il vous plaît. — Oui, je vous appellerai », répondit-elle. « Je vous remercie d'avoir bien voulu me conduire. Je vous remercie de votre discrétion, aussi. Je dois y aller maintenant. Je vous appellerai », répéta Patricia, puis elle entra dans l'hôpital.

Elle lui téléphona en effet le surlendemain. A sa surprise, elle accepta de venir prendre le thé. Elle avait été déçue et choquée par l'accueil de sa propre famille : sans être méchants, ils n'auraient guère pleuré la perte d'un enfant dont le père avait disparu et qui constituait un obstacle à une union de Patricia avec quelqu'un de leur monde. Celle-ci trouva un certain réconfort en compagnie de Daniel, dont elle découvrait la subtile gentillesse. Pour quelque raison, le cheval que montait le jeune Joël s'était emballé, l'adolescent avait fait une mauvaise chute, la bombe destinée à le protéger s'était avérée insuffisante et il avait subi un traumatisme crânien. Par bonheur, deux gendarmes en patrouille, alertés par le passage du cheval affolé à la selle vide, avaient cherché le cavalier et avaient immédiatement conduit Joël à l'hôpital, lui sauvant peut-être la vie ; cependant il était encore dans le coma. Son état exigeait une opération que les médecins disaient sans gravité, mais que Patricia préférait faire effectuer à Paris. Elle prit le soir même, avec son fils, un avion spécial après avoir laissé son adresse à Daniel qui, sans former de projet particulier, envisageait volontiers de profiter de ses nombreux déplacements pour rester en contact avec elle dans la capitale.

Quant à Olivier, que nous avions laissé au volant de sa voiture à la poursuite d'un autocar qui n'était d'ailleurs par le bon, il devait n'arriver à Aiguefière qu'après le départ du train de Paris, et trop tard aussi pour atteindre à temps la gare desservie par l'autre ligne de bus. Il reprit lentement la route, trouvant dans la conduite comme dans une drogue un apaisement précaire à son amertume. Il jugeait sans pitié ses responsabilités dans ce terrible échec. Il s'en voulait d'avoir si mal manifesté ses sentiments. Quel manque de clairvoyance ! A un tournant particulièrement dangereux, il lui fallut toute sa maîtrise de lui-même pour surmonter la tentation d'un faux mouvement qui aurait mis un terme définitif à son chagrin.

Cette nuit-là, il pensa à sa grand'mère, morte depuis bien des années, à leurs longues conversations que rythmait le tic-tac d'une vieille horloge : que lui aurait-elle conseillé ? Avait-il préféré son métier à son amour quand il pouvait s'attacher aux deux, ou n'était-ce qu'un concours de circonstances ? Est-ce qu'il ne se prenait pas trop au sérieux ? Pourquoi ne pas exprimer franchement son affection à ceux qu'elle peut toucher, son estime à ceux qu'elle peut encourager ? Il songea que son dédain des effusions trop démonstratives reflétait peut-être une crainte de s'engager et que sa réserve ressemblait à de l'indifférence, si ce n'est à du mépris. Il se rendait compte qu'en attachant plus d'attention aux personnes de son entourage, en montrant plus de délicatesse, il rendrait sa vie plus heureuse et son travail plus facile, et qu'aussi il comprendrait mieux certaines situations et la manière de les résoudre au bénéfice de tous.

Ces nouvelles dispositions étaient de nature à faciliter ses relations avec son adjoint. Les sages conseils de son assistante avaient déjà permis de les améliorer sensiblement. Olivier considérait maintenant M. de Mistre comme un homme vaniteux, mais pas plus sot qu'un autre, et qui ne demandait qu'un peu d'égards pour le seconder effectivement. Le naturel brouillon de M. de Mistre et son désir d'être agréable à tout le monde faussaient parfois ses explications, mais ce n'était vraiment ni un menteur, ni un malhonnête homme. On a pu voir au chapitre précédent que l'opinion de M. de Mistre avait, elle aussi, changé. Son comportement dans les bureaux était devenu irréprochable, ce qui avait dû lui coûter bien des efforts. Or l'absence de Mme Rouquier rendait leur coopération particulièrement nécessaire. De plus les livraisons de pierre de Jean Lambier recommençaient à se faire attendre, malgré la démarche d'Olivier, et d'autres fournisseurs semblaient maintenant ralentir leur production. Il en fit la remarque à M. de Mistre, qu'il ne mettait plus en cause.

Celui-ci lui avoua s'en être préoccupé. Il avait déjà essayé d'utiliser ses relations pour passer à certains des commandes plus importantes, mais toujours sans succès : allaient-ils devoir ralentir le fonctionnement de l'usine ? Pourtant ils n'avaient pas de concurrent sur place. Ils décidèrent d'unir leurs efforts face à ce mystère. Olivier trouvait là un dérivatif à son échec sentimental. Il constatait aussi la nécessité de poursuivre la remise en cause de ses certitudes. Dans l'espoir de rompre la cohésion des carriers, il autorisa son adjoint à proposer des tarifs plus intéressants et envoya un rapport dans ce sens à Paris.

Dans l'autocar de Fatehpur-Sikri, Claire lui avait parlé d'un stage à l'Archivio di Stato de Venise : avec des collègues italiens, elle y avait étudié les courriers d'un homme d'affaires à Alep au moment où la route des Indes par le cap de Bonne-Espérance commençait à concurrencer le négoce de la Sérénissime République. Elle s'était amusée à tracer l'image pittoresque du grand marché où, trois siècles plus tôt, les cours de la soie, des pierres précieuses et des épices, grimpaient ou dégringolaient soudain d'après des rumeurs invérifiables, apportées par des pèlerins, des marchands, des mendiants ou des soldats, et qui se complétaient ou se contredisaient les unes les autres : le vaisseau portugais qui avait, disait-on, quitté Goa, existait-il réellement ? Que transportait-il ? Passerait-il sans encombre le Cap ? Ne s'agissait-il pas d'un navire de guerre, qui manquerait de place pour des marchandises ? Le premier négociant à apprendre le départ de Bassorah d'une caravane vers la Syrie s'empressait de tirer profit de cette nouvelle, mais son voisin, qui l'avait su peut-être avant lui et qui avait eu vent de pillages par des brigands dans cette zone, ou de nouvelles contraintes de l'administration turque, le regardait faire en jubilant sous cape.

En l'écoutant, Olivier s'était remémoré ses propres souvenirs de Venise, le capuccino du matin sur la place San-Marco, la Fenice, le vaporetto, et les quelques marches à monter et à descendre sur chaque pont, qui rendaient éprouvantes les balades. Il se demandait maintenant si ce récit n'avait pas conservé une certaine actualité. En tout cas, il ne pouvait guère appeler Claire pour lui demander conseil… Son ami Daniel, toujours si bien informé et sur l'avis de qui il comptait secrètement, semblait devenu introuvable.

Pourtant, il en aurait eu grand besoin. Les carriers étaient restés insensibles à une hausse substantielle des tarifs et plus un bloc de granite n'arrivait à l'usine dont l'activité semblait maintenant menacée. Malgré l'intervention de Michel Coste en sa faveur, un courrier avait fait comprendre à Olivier que toute fermeture entraînerait son renvoi ; ses interlocuteurs habituels étaient devenus singulièrement froids, certains semblaient même impossibles à joindre ; il n'avait jamais eu d'illusion sentimentale sur ses relations professionnelles, mais il découvrait un monde sans pitié qui ne s'intéresse qu'à ceux qui réussissent sans prendre le temps de démêler les parts de responsabilité dans les échecs. Il commençait à songer que, après avoir sacrifié son amour à sa carrière, il allait perdre sur les deux tableaux.

Patricia Rouquier n'était pas revenue de Paris ; il lui téléphonait parfois pour prendre des nouvelles de son fils ; il comprit très bien que, malgré sa bonne volonté, elle ne prêtât qu'une faible attention aux problèmes de l'usine quand, une fois, il se laissa aller à les évoquer.

C'eût été, pour Jérôme Louffier de Mistre, le moment de prendre sa revanche : il lui était facile de revendiquer à nouveau le fauteuil directorial en se flattant de pouvoir seul maîtriser les difficultés locales, alors que n'importe quel ingénieur pouvait résoudre les questions techniques. Il y eut d'ailleurs, dans la feuille à scandales d'Aiguefière, un article fielleux signé « Caïn » pour laisser entendre, sous le titre « A qui profite le crime ? », qu'il pouvait bien être à la source de ces difficultés. On commençait en effet à s'en inquiéter, dans la région : les banques craignaient pour leurs créances, les syndicats pour les emplois et l'administration pour tout ce qui pouvait troubler l'ordre. Or ce fut M. de Mistre qui, sans rétablir la situation, parvint du moins à la stabiliser en persuadant Jean Lambier de reprendre ses livraisons. Celui-ci n'alla pas jusqu'à accélérer l'extraction, mais l'usine put néanmoins conserver une certaine activité, ce qui détendit un peu l'atmosphère. Sans connaître exactement le détail, Olivier comprit à demi mot que c'était la contrepartie d'un service rendu bien des années avant, mais qu'il n'était pas dans la tradition des montagnes d'oublier. Il se dit que les relations cordiales qu'il avait nouées avec ce sympathique carrier pouvaient y être aussi pour quelque chose.

Poussé par cet exemple, un autre « pierreux » expédia, un beau matin, deux camions, et Olivier se prit à espérer, mais cette tentative n'eut pas de suite : l'homme s'était vu signifier l'après-midi même une assignation à toutes fins devant le tribunal de commerce pour rupture de contrat. Effectivement, si le souvenir de ses obligations morales avait interdit à Jean Lambier d'augmenter ses prix, il avait par contre demandé une avance importante pour régler un dédit sur lequel il était resté sibyllin. Olivier parvint enfin à rencontrer Daniel, qu'il trouva optimiste et qui chercha à l'encourager, mais en termes trop vagues pour parvenir à le rassurer sur autre chose que la solidité de leur amitié ; il l'engagea par ailleurs à relire Spinoza, ce qui sembla à Olivier n'apporter à ses soucis qu'une réponse très partielle dont il se fût offusqué venant de tout autre. Il y eut bien encore, çà et là, quelques livraisons discrètes, mais qui ne suffisaient pas à retrouver un approvisionnement normal. Tout restait à craindre !

Chapitre VI

Une fois de plus, Claire fut réveillée par le claquement des volets du voisin. Comme elle se rendormait, elle fut à nouveau dérangée par un entrechoquement d'assiettes. De guerre lasse, quoiqu'elle n'eût pas cours ce matin-là, elle alla dans la cuisine minuscule se verser son bol de café quotidien.

Sa nuit avait été troublée par des souvenirs d'Agra et d'Aiguefière. Dans un accès de colère contre Olivier, elle s'était levée et avait bu un peu d'eau pour retrouver son calme.

Elle avait fait ensuite un rêve bizarre. Devant une vaste place au dallage multicolore, le crépuscule composait de douces teintes roses, grises et dorées sur la façade d'un magnifique palais au portail de bronze. Une barque au sillage moiré avait amené des formes confuses, des silhouettes imprécises qui s'étaient mises à tourner sous la lune, au son de violons et de mandolines, dans des farandoles endiablées. Un arlequin masqué qui était Olivier dansait au milieu d'une nuée de jeunes femmes séduisantes dont les robes compliquées jetaient mille reflets éblouissants et qui étaient toutes Patricia Rouquier. Puis cette ronde s'était éloignée et Claire, pour la suivre, s'était retrouvée en pleine campagne dans une brume épaisse et glacée à travers laquelle elle discernait des prairies et des bosquets. Elle sentait que sa marche régulière la rapprochait sans effort d'un but merveilleux, quoique indéterminé, au milieu du chant intermittent d'oiseaux et de la musique d'une cascade qui devint ensuite la pièce d'eau moussue d'un joli manoir : pierres claires, briques rouges, tuiles vieillies, verdies, patinées, poutres noires courbées par l'âge. Par une fenêtre à meneaux, Claire apercevait, au fond d'une immense salle, Olivier et Patricia Rouquier tendrement enlacés. Malgré la pénombre, elle les voyait avec autant de précision et d'émotion que s'ils avaient été tout proches ; soudain ils s'étaient mis à frapper violemment sur la table et c'étaient les volets du voisin qui réveillaient Claire.

Elle se sentait la tête lourde, n'en fit pas moins les quelques mouvements de gymnastique qu'elle s'imposait chaque matin, mais s'attarda sous la caresse brûlante de la douche, puis, enfin habillée, s'aperçut, avec un mélange de honte et de soulagement, qu'il n'était plus de si bonne heure.

Enfoncée dans les coussins de son fauteuil préféré, bercée par la gaieté contagieuse des concertos pour quatre violons de Vivaldi, elle venait de rouvrir « Siegfried et le Limousin » quand elle fut arrachée à l'humour subtil de Jean Giraudoux par le vacarme de la perceuse du voisin. Elle s'efforça de prendre son mal en patience, accoutumée à s'entendre répondre que « en semaine, à cette heure-là, la plupart des gens sont à leur travail » et que les « privilégiés » du corps enseignant n'ont pas à se plaindre. Mais ce supplice fut relayé par les sifflotements d'un automobiliste réparant sa voiture en pleine rue, puis par les interminables coups de klaxon d'un autre. Au moment où Claire, découragée, allait préparer son déjeuner, c'est le téléphone qui retentit. Elle maudit ce moyen donné, désormais, au premier venu de s'introduire dans votre vie à tout moment, mais comment ne pas répondre à un vieil ami de son père ? Elle n'avait pas vu Joseph Jacob depuis bien longtemps ; sans chercher à approfondir, elle accepta son invitation à dîner, un peu par politesse, un peu par lassitude.

L'estomac presque vide, elle prit le chemin du métro. Comme par bravade envers elle-même, elle avait mis le foulard offert par

Olivier, à Aiguefière. Après la matinée gaspillée, elle avait emporté un livre pour le trajet : une demi-heure de transport séparait son petit deux-pièces du lycée où elle enseignait. Mais elle dut rester debout malgré sa hâte à monter dans le wagon. Devant elle, deux adolescents s'enlaçaient avec une impudeur tranquille : elle finit par tourner la tête pour ne plus les voir. Ensuite il y eut les bousculades du changement, l'insupportable lenteur de la foule, puis à nouveau l'attente d'une rame de métro. Claire y trouva immédiatement un siège, mais sa joie fut de courte durée. Elle était coincée entre un voisin qui, négligeant sa présence, l'obligeait à s'asseoir de travers et un homme debout qui se pressait contre elle puis, pour comble, déploya soudain un journal juste devant la figure de la pauvre Claire. On entendait le grésillement incompréhensible d'un walkman à son intensité maximum. Il n'était pas question de lire.

L'approche du bout de ligne avait peu à peu vidé le wagon lorsqu'une voix enrouée commença une chanson d'Edith Piaf : « Non, rien de rien, non, je ne regrette rien, ni le bien qu'on m'a fait, ni le mal, tout ça m'est bien égal !», puis, le vieil air terminé, l'homme, à la surprise de Claire, ne fit pas la quête : « Excusez-moi », dit-il, « de vous avoir dérangés ; les temps sont durs et je ne vais pas vous demander d'argent ; j'avais envie, simplement, de chanter et de parler à des gens ». Claire se sentit si proche de cette détresse, qu'elle éclata en sanglots. Tout en essayant vainement d'arrêter ses larmes, elle en éprouvait un étrange soulagement.

Enfin parvenue à la station du lycée, Claire put se ressaisir pour gagner ce temple de l'enseignement secondaire dont elle avait voulu être vestale quoiqu'il eût perdu son dieu au détour d'un printemps. Après le porche obscur resté imposant malgré mai 68, après quelques marches usées par les pieds traînards de deux ou trois générations d'élèves (le lycée le leur avait bien rendu), elle se sentait prête à affronter sa classe, tension formidable et dérisoire, comme s'affrontent la marée et la grève qui l'accueille, l'absorbe puis la repousse pour s'endormir à nouveau, si peu changée... Elle s'efforça donc, avec ses élèves de seconde, de placer l'amour impétueux de la fille de Minos dans l'atmosphère fastueuse de la cour de Louis XIV, les invitant à en chercher encore la trace dans les longues salles dorées de Versailles, puis, pour ceux de terminale, de leur faire comprendre et apprécier la sensualité voilée de la Princesse de Clèves, dont beaucoup s'étonnaient sourdement qu'elle ne s'envoyât pas en l'air avec le duc de Nemours.

Après ce regard sur les passions ouvertes et cachées, Claire songea que la jalousie qui l'avait enflammée devant le bureau d'Olivier pouvait être aussi mal fondée que celle du prince de Clèves : n'avait-elle pas réagi hâtivement ? Surplombant la cour rougeâtre et poussiéreuse que le ciel blafard rendait plus terne, plus triste, plus étroite que jamais, elle restait accoudée à la rambarde de fer recourbé des galeries du premier étage, chemin de ronde sur lequel débouchaient les classes. Massif comme un château-fort, charpenté de bois comme une ferme à colombages, bâti de briques comme la tour de Babel, grillagé comme une prison, multicolore comme la cathédrale de Florence et compliqué de clochetons comme celle de Milan, sale enfin et embrouillé comme un scandale financier, le lycée lui paraissait amalgamer, dans une pompe crasseuse et désordonnée de « lycée papillon », le manoir de la Belle au bois dormant et la ménagerie du zoo de Vincennes. Elle écoutait vaguement sa collègue et amie Monique qui, la voyant mélancolique, s'était jointe à elle depuis quelques minutes.

« Quand un garçon me plaît, je ne deviens pas pour autant son esclave. Je sors avec lui quand mon humeur s'accorde avec sa tournure d'esprit : avec l'un, je vais au concert ou dans une exposition, avec un autre, je fais des balades en forêt... ; je connais aussi un compagnon de voyage idéal. Quand nous en avons envie tous les deux, nous faisons l'amour. Mais je garde ma vie privée, ils savent qu'elle ne les regarde pas, et ça me laisse le loisir nécessaire pour lire, écrire, rentrer en moi-même.

Claire avait peine à croire que les mœurs de son amie, quoique libres, fussent aussi débridées, toutefois, devinant que Monique voulait surtout la distraire de ses soucis, elle poursuivit la conversation, comme par jeu :

« Et ils l'acceptent ? Ils ne sont pas jaloux ?

— D'abord ils ne savent pas tout ; et puis c'est plus facile aussi pour eux, d'une certaine manière ; et enfin c'est à prendre ou à laisser.

— Et s'ils sont médiocres, au lit ?

— Ce n'est pas l'essentiel », répondit gaiement Monique, « mais, c'est vrai, j'en ai connu un qui passait les bornes. Il était maladroit ! Pourtant ce n'était plus un adolescent. Au début, il fallait presque lui tenir la main. Et soudain, il est parti comme un bolide, alors que j'aurais préféré qu'il attende un peu, et deux minutes après, c'était fini, il s'est tourné de l'autre côté et il s'est endormi. Heureusement, ça n'était pas chez moi, alors je me suis levée et je suis partie. Nous avons continué à nous voir mais nous n'avons plus couché ensemble. Je suppose qu'il y a des putes, pour ça. Ou peut-être qu'une petite femme docile s'en chargera».

Claire éclata de rire, puis, quand elle eût repris son souffle : « Et quand ils te proposent de vivre avec eux ?

— Pour restreindre ma liberté résiduelle, la diversité de mes loisirs et de mes plaisirs ? pour ne plus me consacrer qu'à eux, car c'est à cela qu'ils songent au tréfonds d'eux-mêmes ? Non, merci !

— Mais s'ils insistent ? S'ils veulent t'épouser ? Ça ne t'a jamais tentée ? Avec aucun tu n'as eu envie d'abandonner le bâton de commandement et d'appuyer la tête sur son épaule ? Il n'y en a eu aucun dont tu aurais voulu un fils qui lui ressemble ?

— Tu es assez fine mouche, toi. C'est pour ça que je t'aime bien. C'est arrivé en effet. Une fois. Il était une fois... Ça me semble si loin ! Une jolie histoire, comme les romans pour jeunes filles de l'Angleterre victorienne, et sans plus de rapport avec la réalité. Le rêve n'a pas duré. J'ai compris que je n'étais, pour lui, qu'une distraction à laquelle on accorde un peu plus d'attention qu'à un chien, mais bien moins qu'à un ami, alors j'ai pleuré comme une Madeleine, et puis je suis partie. Mais pourquoi en parler ?

— Tu as le droit de vivre comme tu l'entends. Moi, je crois que c'est possible d'aimer durablement un garçon, de se réaliser pleinement dans un amour réciproque, de trouver auprès de lui la tendresse et l'écoute dont je ressens le besoin, et aussi le plaisir, de lui consacrer tous mes soins, tous mes désirs, mes pensées les plus profondes et les plus secrètes, de l'aider à s'épanouir, de lui apporter mon assistance en cas de coup dur, de contribuer à sa part de bonheur, de faire avec lui une ribambelle d'enfants dont je serai heureuse que ce soit les siens parce qu'ils auront ses qualités. Jusqu'à présent, ça n'a pas marché, mais je ne me décourage pas, même si ça te paraît désuet, « fleur bleue », « ringard » comme on dit maintenant.

— Ainsi tu souhaites des enfants malgré tous ceux que tu as vu défiler au lycée, ceux qui sont idiots, ceux qui sont paresseux, ceux qui sont grossiers, ceux qui sont vicieux, déclenchent des chahuts, brutalisent et dépravent les faibles, malgré les difficultés que plusieurs ont avec leur famille, malgré la mauvaise influence évidente de certains parents... Tu n'es pas effrayée ?

— Je sais que c'est une lourde responsabilité d'élever des enfants, une des choses les plus difficiles et les plus importantes du monde. J'espère que mon expérience, justement, m'aidera à m'en acquitter mieux que d'autres. S'il y a des problèmes en cours de route, j'essaierai d'en tirer les leçons. Je n'ai pas, d'avance, peur du résultat. Si personne ne fait plus d'enfants, que deviendra le monde ? Faut-il en laisser le monopole à ceux qui n'ont rien appris ni rien compris, aux brutes, aux ivrognes ? Si tout ton savoir et tes réflexions ne te permettent pas d'élever un enfant, ont-ils la valeur que tu leur accordes ? S'il le faut, j'interromprai ma carrière : y en a-t-il de plus belle pour une femme que de fonder un foyer heureux ?

— On en voit pourtant beaucoup qui n'y parviennent pas. Divorces, femmes battues, maris trompés, dépressions nerveuses, économies dilapidées pour assouvir des fantaisies, vies gâchées, suicides : la vie conjugale de certains de nos collègues fournit des illustrations suggestives. Tu crois pouvoir éviter ces écueils par un dévouement sans faille, une gaieté sans cesse renouvelée, une imagination jamais à court ? Et tout cela sans perdre ton sourire, ta beauté, ton indépendance d'esprit qui font le prix de ce que tu offres ?

— La confiance sera réciproque. Pour sa vie professionnelle, pour faire du sport avec des copains, pour réparer la voiture ou la plomberie, il sera seul juge, je ne me permettrai pas la moindre observation, sauf bien sûr s'il passe trop de temps avec sa secrétaire, mais à la maison, une fois que je connaîtrai ses goûts, ses habitudes et ses sympathies, c'est moi qui me chargerai de tout : la cuisine, les invitations, les sorties, les petits achats, de manière à ce qu'il soit toujours content sans même avoir besoin d'y penser. Et puis il y aura aussi des décisions que nous prendrons ensemble, comme d'avoir un enfant ou de changer de logement. Ce n'est pas si compliqué !

— Très simple, en effet. Tu l'aimes, tu es aux petits soins pour lui, tu l'écoutes avec déférence et tu ne discutes jamais sur les grands principes, s'il a une petite fantaisie, tu te mets en quatre pour la satisfaire avec attendrissement, mais la vie quotidienne de la famille, c'est toi qui t'en charges, et pas question d'y faire obstacle. C'est ça ?

— C'est comme ça qu'on vécu mes oncle et tante, ils paraissaient très heureux et tout le monde admirait leur union.

— Et ton oncle ne s'est jamais rebellé ? Sous tes airs de sainte-nitouche qui regrette les mœurs patriarcales, c'est du matriarcat que tu rêves. Mes amis vivent de leur côté, de la manière qu'ils désirent. Nous nous voyons quand l'envie m'en prend, certes, mais seulement s'ils en ont envie aussi, et nous y trouvons un plaisir et un intérêt mutuels. S'ils me font une infidélité, je pourrais difficilement le leur reprocher, à supposer que je le sache. Ils sont bien plus indépendants et libres de s'épanouir que ton pauvre oncle sous la férule de sa digne épouse.

— Tu n'as vraiment rien compris. Ou plutôt tu veux faire l'apologie du scandale. »

Mais Monique voulait aller jusqu'au bout : « Ah oui ? Et tu ne t'es jamais demandé pourquoi, jusqu'à présent, tes aventures sentimentales ont tourné court ? Et chez tes parents ? Est-ce que ça se passait comme chez ton oncle ?

— Mes parents vivaient d'une drôle de manière. Chacun faisait comme il en avait envie. Certains jours, ils auraient aussi bien pu ne pas être mariés. Ils sortaient rarement ensemble et ne recevaient presque personne, sauf parfois la famille proche. Chacun rencontrait séparément ses amis. A la maison, ils se partageaient les travaux ménagers, ce qui, à l'époque, semblait extraordinaire : ou bien maman lisait pendant que papa écoutait indéfiniment la radio. Je n'en étais pas très fière.

— Et c'est pour ça que tu as pris ta tante comme exemple ? Pourtant qu'est ce qu'il y avait de honteux ? Est-ce que ton père buvait ? Est-ce qu'il trompait sa femme, ou bien est-ce qu'elle le trompait ?

— Non, rien de tout ça…

— Comme quoi la jalousie n'est pas une condition nécessaire de la fidélité… Et puis ils ne t'ont pas mal élevée. Ils ont mis à ta disposition une bibliothèque abondante, ils t'ont donné l'habitude de la lecture, et aussi celle de la franchise. Leur union était peut-être originale mais certainement pleine de sagesse et de tolérance. Tu ne leur as pas apporté beaucoup de reconnaissance, apparemment ».

Claire était devenue rouge de rage. Après un instant, elle parvint à se maîtriser et s'éloigna à grands pas, sans un mot.

A mesure qu'elle avançait dans l'avenue qui longeait le lycée, cherchant vainement à chasser de son esprit des idées confuses et contradictoires, sa colère s'apaisait et elle comprenait le bien-fondé de certains propos de son amie Monique. Elle n'était plus sûre d'avoir bien jugé, ni bien agi dans ses relations avec ses parents. Ils étaient morts, voilà à peine plus d'un an, dans un absurde accident de la route causé par un fou du volant. Elle regretta soudain leur disparition avec une acuité nouvelle. La tête vide, elle s'assit à côté du jet d'eau d'un petit square paisible, contemplant les fleurs. Au bout d'un moment, une conviction s'imposa à son esprit : « Il faut que j'appelle Olivier et que nous essayions de repartir à zéro ». Elle se sentait, maintenant, fraîche et dispose, oubliant fatigue et tension nerveuse.

C'est dans cet état d'esprit qu'elle arriva chez Joseph Jacob. « Merci d'avoir bien voulu venir », dit-il. « Tu sais l'amitié qui nous liait, ton père et moi ; or ces jours-ci, mes enfants sont à Paris, et je renoue avec une vieille tradition : le dîner de fête qui, pour nous les Juifs, ouvre la semaine de Pâques. Je suis heureux de pouvoir t'y associer ! J'ai également invité mon cousin Daniel, qui travaille à Aiguefière et qui est, lui aussi, de passage dans la capitale ». Claire se réjouissait maintenant de renouer avec un homme qui avait si bien connu ses parents. Bien que gênée de se trouver mêlée aux cérémonies d'une religion qui n'était pas la sienne, elle appréciait d'être considérée presque comme quelqu'un de la famille.

Avant le début du rituel, Claire bavarda donc joyeusement avec la fille de son hôte, Anne, et avec Arieh, le mari de celle-ci, qu'elle n'avait pas rencontrés depuis leur départ en Israël, quelques années plus tôt. Elle suivit ensuite distraitement les prières, imitant les gestes de ses voisins de table, mangeant comme eux les herbes amères qu'on lui tendait, tout en considérant avec gourmandise une mystérieuse pâtisserie brun-rouge aux pommes et à la cannelle. Quand vint enfin le moment du repas proprement dit et que la conversation put reprendre, elle n'attendit pas longtemps pour exprimer sa curiosité :

— En somme, vous fêtez la sortie d'Egypte des Juifs derrière Moïse ?

— Exactement, » répondit Joseph Jacob. « Et c'est aussi, pour chacun, une manière de retrouver les vieux souvenirs, de se rappeler l'époque où il vivait chez papa et maman, quand c'est lui qui demandait pourquoi ce soir était différent des autres soirs ; une occasion, pour certains, de se rappeler le moment où ils ont fondé un foyer, le soir où, pour la première fois, ce sont eux qui ont partagé les matsoth.

— Mais pourquoi conserver un rite aussi minutieux après tant de siècles sur un événement historiquement aussi mal connu ?, insista Claire.

— On pourrait en dire autant des fêtes chrétiennes, fit observer Arieh. Mettons que ce soit en mémoire du départ de nos ancêtres vers Jérusalem et la terre promise.

— Oh, il y avait, dans l'empire romain, un prosélytisme juif : nos ancêtres étaient peut-être gaulois !, remarqua Anne en souriant.

— Ce ne serait pas une raison : je suis né en Autriche, dit Joseph Jacob, mais depuis que je vis en France, ça ne m'empêche pas de célébrer le 14 juillet.

— Bien sûr ! 1789 est un événement universel : la conquête des droits de l'homme concerne le monde entier !, s'exclama Claire.

— Si la prise de la Bastille est un symbole, la sortie d'Egypte en est peut-être un aussi, » observa Daniel qui n'était pas encore intervenu dans la discussion. « Les Juifs avaient leur place, là-bas, fût-elle modeste, et leurs habitudes. Même si parfois ils y étaient malheureux, ça ne pouvait guère être pire qu'en plein désert. Pourtant ils ont préféré abandonner leur routine pour se réaliser pleinement : ils ont pensé que ça valait la peine de prendre des risques.

— Donc, pour vous, ça n'est pas seulement la célébration d'un miracle ?

— Sans doute en fallait-il un pour que ça réussisse, mais c'est aussi son côté volontariste qui rend mémorable la sortie d'Egypte.

— Comme la prise de la Bastille, alors ?, ironisa Claire.

— C'est moins politique et plus individuel. Certains pensent à l'échelle du monde ou de la société, d'autres préfèrent rentrer en eux-mêmes. Mais si la sortie d'Egypte, ça veut dire se remettre en cause et faire l'effort d'aller plus loin, alors oui, ça reste une question d'actualité qui concerne tout le monde, même si c'est une affaire personnelle. »

Se remémorant toutes les réflexions auxquelles sa journée l'avait conduite, Claire songea qu'elle était en train de faire sa petite sortie d'Egypte : elle irait jusqu'au bout ! Tandis que les autres convives parlaient maintenant du Proche-Orient, sujet passionnel sur lequel Claire ne voulait à aucun prix intervenir, elle poursuivit une conversation séparée avec Daniel, dont la remarque l'avait intéressée. Ainsi il vivait dans la même région qu'Olivier. Le connaissait-il ?

— Nous sommes de vieux amis, répondit celui-ci en souriant. Il vous a d'ailleurs peut-être parlé de moi. Nous nous rencontrons de temps en temps, mais il est très soucieux, en ce moment. Des problèmes professionnels. Et aussi une déception sentimentale, je crois.

La coïncidence fit rougir Claire. Etait-il au courant ? Elle prévint la question éventuelle :

— C'est vrai, j'ai agi comme une sotte. Est-ce que vous pensez... qu'il accepterait de me revoir, de repartir à zéro ?

Le ton, le regard exprimaient l'angoisse et l'espoir, mais Daniel restait prudent :

— Il faudrait le lui demander.

— Je n'oserai jamais retourner là-bas, après ce qui s'est passé.

— Il ne s'est pas passé grand'chose, autant que je sache, de plus ce n'est pas irrémédiable. Joseph, demanda-t-il, se tournant vers leur hôte, accepterais-tu de prêter ta demeure angevine à la fille d'un de tes amis ?

— Volontiers, si tu ne désires pas l'utiliser toi-même...

Joseph Jacob hésitait un peu.

— Pas dans l'immédiat, merci. Ainsi, chère Claire, vous disposerez, le cas échéant, d'un point de chute. Ce n'est pas très grand, mais confortable et bien situé. Parva sed apta, comme l'avait gravé le comte d'Anjou au fronton de Bagatelle. Pour ma part, j'envisage plutôt un voyage avec une collaboratrice d'Olivier que vous connaissez peut-être : Patricia Rouquier. Nous avons lié amitié depuis le grave accident de son fils, qui l'a obligée à quitter Aiguefière. Heureusement le petit Joël se rétablit peu à peu, et je voudrais emmener sa mère se reposer quelques jours. Il resterait d'ailleurs encore de la place pour nous, si nous voulions vous rejoindre.

En disant cela, il regardait Claire, qui rougit à nouveau : ses récents remords étaient bien fondés, et sa jalousie imaginaire.

On verra au chapitre suivant comment les relations de Patricia et de Daniel s'étaient développées ; mais restons-en pour le moment à notre soirée. Elle s'acheva dans la joie et même en chansons, comme il convient à un dîner de fête. Claire, pleine d'espoir, en venait même à s'interroger : sa conversation avec

Daniel avait-elle été fortuite ? Pouvait-elle résulter d'une demande d'Olivier ?

Pourtant quand elle essaya de téléphoner à celui-ci, elle ne le trouva pas chez lui ; à l'usine, on lui répondait chaque fois que « le directeur n'était pas encore revenu de voyage ». Daniel, qu'elle ne parvenait pas non plus à joindre, lui avait, en effet, annoncé un déplacement d'Olivier avec M. Coste, mais rien n'en expliquait la surprenante durée.

Chapitre VII

Ce jour-là, les drapeaux autrichiens portaient des rubans noirs pour la mort du pape et, dans la haute nef légèrement déviée de Maria-am-Gestade, de vieilles femmes répétaient sans fin la même prière à la vierge, cependant les viennoises, blondes malgré leur deuil, n'en étaient pas moins venues déguster des gâteaux au chocolat sous les velums du café Sacher derrière l'Opéra, des linzer-torten entre les glaces et les moulures dorées du café Demel, élégant et désuet à la porte du Hofburg, des apfelstrudels au premier étage du café Heiner d'où l'on voit passer la foule entre les magasins chics de la Kaertner Strasse, des Mozart-kugeln à la terrasse du café Lehmann, sur le Graben, entre les boutiques des antiquaires, les magasins de mode, les éditeurs d'art et le cinéma pornographique de Vienne, ou tout simplement du thé à la buvette du Volkspark, car le ciel était sans nuage, l'air était doux et il faisait bon se promener entre les roses à l'ombre du petit temple de Thésée. C'est là que Patricia et Daniel, arrivés à Vienne le matin même, s'étaient assis au crépuscule d'une journée bien remplie.

Ils avaient marché dans les vieilles rues, longeant les maisons bourgeoises badigeonnées de vert pastel et de rose, les maisons d'artisans ornées d'enseignes de fer forgé, les maisons de musiciens, Schubert, Haydn, Mozart,... que rappellent des plaques, les façades gaies de la rue de la Belle-Lanterne dont les alignements soulignés de corniches ne pouvaient qu'inspirer Canaletto, sans oublier les fontaines sur les places publiques ni les façades ocres et simples de la cour baroque d'Heiligenkreuz avec ses quelques arbres, ses réverbères désuets et ses roses.

A l'exception presque unique de l'église des Jésuites, harmonieuse et colorée, cœur de l'ancienne université, et dont l'intérieur évoque la façade magnifique d'un palais, ils n'avaient pas beaucoup goûté la démesure architecturale des églises baroques avec leurs stucs, leurs colonnes torses, leurs chapiteaux corinthiens, leurs dorures et ces curieux balcons qui semblent entourer la nef de loges de théâtre et se transforment, à l'approche de l'autel, en avant-scènes basses et vitrées.

Peu à peu, les façades puissantes des chancelleries et des demeures aristocratiques avaient annoncé l'approche de la Michaelertor du palais impérial avec sa coupole de cuivre, son porche arrondi, ses trophées de cimeterres et de turbans. Après les toits de tuiles d'Amalienhof, après la colonnade ouverte en arc sur les jardins du Neue Burg si proche de l'humain par son harmonie sinon par ses dimensions, Patricia et Daniel s'étaient aventurés dans le dédale des cours plus anciennes où subsistent des inscriptions à la gloire de Maximilien ; ils étaient montés puis descendus vers les salles du trésor où se côtoient les ornements pompeux et ridicules du dix-neuvième siècle, évoquant l'uniforme grotesque du vieux marquis Del Dongo, « grand majordome major du royaume lombardo-vénitien », mais aussi les broderies flamandes de la Toison d'Or, une corne de licorne, des souvenirs de Marie-Louise comme de Charles le Téméraire, de magnifiques pierres précieuses, la couronne de Charlemagne, farouche et couverte de cabochons, et celle de l'empereur fou Rodolphe, chef d'œuvre des orfèvres pragois de la renaissance, les robes byzantines du couronnement des empereurs romains germaniques, toutes de soieries persanes et chinoises.

Tout au bout du palais, après l'église gothique des Augustins, ils avaient encore visité l'Albertina et sa magnifique collection d'aquarelles et de gravures d'Albert Dürer, dont le dessin hardiment stylisé entouré d'un foisonnement de détails minutieux et d'allégories les enthousiasma, avant d'aller enfin goûter l'harmonie du Volkspark.

Tout en écoutant le pépiement rustique des moineaux, Patricia prit soudain conscience que, pour la première fois depuis l'accident de son fils, dont la convalescence était pourtant en bonne voie, elle venait de passer une journée entière sans y songer, et elle sut un gré infini à Daniel de l'avoir aidée à apaiser une préoccupation désormais excessive. Elle se sentait plus légère et, pour ainsi dire, plus jeune. Elle lui adressa un beau sourire de reconnaissance, qu'il lui rendit. Elle se remémorait maintenant leur rapprochement au fil des semaines et les attentions discrètes et patientes dont il l'avait entourée : elle les avait parfois à peine remarquées sur le moment.

Elle se souvenait de l'appel téléphonique impromptu de Daniel le soir même de l'opération, alors que la résultat en était encore incertain, de l'étrange impression de confiance qui l'avait conduite à lui parler sans réserve aucune, quoiqu'elle le connût encore peu, et du soulagement qu'elle y avait trouvé, ainsi qu'à l'annonce de son prochain passage à Paris qui leur permettrait de dîner ensemble le samedi suivant.

Elle vivait alors d'interminables journées d'anxiété que ne comblaient pas les réponses incertaines des médecins et qu'elle ne parvenait guère à épancher auprès des cousins qui l'hébergeaient par solidarité familiale plus que par affinité personnelle, car ils la trouvaient « originale » et leurs propres soucis accaparaient leurs esprits bornés.

Ce samedi là, ses souvenirs d'étudiante l'avaient incitée à chercher, dans les salles peu fréquentées du musée de Cluny, sinon un dérivatif, à tout le moins un peu de sérénité. Son fils avait repris conscience la veille. Il manifestait une extrême fatigue, mais l'espoir semblait enfin permis. Vers la fin de l'après-midi, au moment où elle allait quitter la dame à la licorne et son orgueilleuse devise : « A mon seul désir !», que Patricia trouvait aujourd'hui bien naïve, elle avait eu la surprise de voir Daniel s'avancer à sa rencontre au milieu des raffinements aristocratiques du quinzième siècle.

— J'étais venu revoir la rose d'or de Bâle, avait-il dit en s'inclinant à demi, et j'obtiens plus que je n'espérais puisque c'est vous que j'ai aperçue. Mais j'ai voulu attendre la fin de vos méditations pour oser vous saluer.

— Vous ne m'avez pas dérangée, lui avait-elle répondu en rougissant un peu à l'idée qu'il l'avait observée en silence. Au contraire, je suis contente de vous voir, avait-elle ajouté après une courte pause. Nous pouvons, si vous voulez, avancer l'heure de notre rendez-vous ?

Ils avaient quitté ensemble le palais luxueux des puissants abbés Bénédictins et les vestiges de Julien l'apostat, et Daniel l'avait conduite, par le chemin des écoliers, vers une table accueillante près d'un âtre où flambaient des bûches, comme dans l'auberge des montagnes où ils s'étaient rencontrés au début de ces événements.

Patricia s'était souvenu qu'elle avait dîné là, jadis, eh oui, il y avait bien des années, tant d'années, à vrai dire, que cela paraissait presque une réminiscence d'une existence antérieure, comme si sa vie actuelle, si différente, eût constitué une sorte de seconde vie. Elle avait alors songé au mythe du « dibbouk », superstition des « shtetels » polonais, réincarnation provisoire de ceux qui, morts trop tôt, n'avaient pu achever le maillon qui leur incombait dans un enchaînement téléologique. Mais qu'avait-elle fait de cette seconde vie ? Poussée tant par la bonne chère, l'ambiance douillette et le cadre discret que par l'écoute attentive de Daniel, elle avait eu envie d'évoquer les souvenirs enfouis depuis si longtemps, d'échapper un instant à ses soucis, de parler de l'entracte qui avait suivi son baccalauréat, entracte de deux ans, si court à l'échelle d'une vie et qui semblait pourtant avoir déterminé la sienne, pendant lequel elle avait laissé Aiguefière et les montagnes pour étudier le droit à Paris.

Ses goûts l'auraient plutôt poussée vers l'histoire et les lettres, mais son père avait été inflexible. Elle s'était d'abord jugée victime d'une contrainte tyrannique et cruelle, puis avait rapidement découvert que la Sorbonne et le Collège de France n'étaient pas loin de la faculté de droit et que le rythme souple des premières années de l'enseignement supérieur lui laisserait le loisir de satisfaire ses tendances personnelles sans pour autant manquer aux exigences familiales.

Elle avait parlé longuement de sa découverte éblouie des trésors parisiens d'art et de culture : l'alchimiste de Rembrandt, le porche de la basilique de Saint-Denis, les cinémas d'art et d'essai... L'impression de redécouvrir une partie d'elle-même endormie faute d'interlocuteur avait causé à Patricia autant de joie et de surprise que le retour à la vie d'une faculté paralysée sans qu'elle s'en fût rendu compte. Daniel, mû d'abord par le désir d'aider une femme isolée pour qui il avait de l'estime, était séduit par les facettes que dévoilait cette conversation comme la lumière révèle les feux d'un diamant. Ils convinrent de se revoir bientôt. Ils s'étaient revus le lendemain même à l'église des Billettes où tous deux, sans s'être donnés le mot, étaient venus entendre les concertos pour guitare de Vivaldi.

Dès lors, ils s'étaient rencontrés lors de chaque passage à Paris de Daniel, qu'on voyait désormais souvent dans les bureaux de la capitale. Quoique la vie de son fils ne semblât plus en danger, Patricia était encore inquiète : très faible, il restait hospitalisé et ne retrouvait que très lentement la mémoire. Les médecins restaient évasifs sur la durée de la convalescence, sur les possibles séquelles.

Pour la distraire de ses appréhensions, Daniel l'avait ramenée dans des lieux qu'elle avait jadis appréciés et dont chacun semblait une clef de la porte des souvenirs, entrouverte un soir et qu'elle ne voulait plus murer. Dans les rues aux pavés inégaux de Senlis si peu changé depuis Philippe le Bel, à l'ombre de la cathédrale et de Gérard de Nerval, elle avait évoqué son amitié avec Paul, rencontré dans une manifestation contre les bandes fascisantes qui hantaient la faculté de droit. A Giverny, devant les nymphéas du jardin de Monet, elle avait parlé de leur liaison, pour elle la première et la dernière, des nuits commencées dans les discothèques du quartier latin et achevées dans sa chambre de bonne de l'avenue Kleber. Dans la forêt de Fontainebleau, près des gorges de Franchard, elle s'était souvenue du tempérament primitif de Paul, peu porté sur les lettres et les arts, source de plaisirs physiques nouveaux mais aussi de déceptions intellectuelles qui lui rappelaient Aiguefière. A Honfleur enfin, dans un restaurant du port, elle avait décrit, en riant de sa naïveté juvénile, sa stupéfaction quand elle s'était découverte enceinte. Son père avait souhaité un avortement discret dans une clinique suisse, Paul était aussi de cet avis, mais Patricia n'avait pas cédé. Son ami ne lui avait pas proposé de l'épouser ; leurs caractères étaient d'ailleurs si différents qu'elle ne l'aurait pas accepté ; elle n'avait plus jamais eu (ni souhaité) de ses nouvelles. Ses parents lui ayant coupé les vivres dans l'espoir de la fléchir, ses notions de base en matière de droit et l'aide d'une camarade de classe lui avaient permis de trouver un emploi de « clérette » chez un notaire parisien. Quelques années après, M. de Mistre, qui n'était pas un mauvais homme, lui avait proposé de travailler avec lui dans l'usine qu'il venait de créer. Elle avait ainsi pu retourner dans ses montagnes natales avec son fils dans une indépendance financière relative. Sa conduite ostensiblement irréprochable avait coupé court aux ragots. La famille avait fait courir le bruit d'un mariage malheureux.

Patricia s'était senti soulagée en épanchant ces souvenirs si longtemps enfouis ; Daniel, sensible à la confiance ainsi témoignée, avait admiré sa droiture et son courage.

Elle lui avoua aussi l'ébauche passagère d'un sentiment devant le dynamisme d'Olivier, mais sa froideur un peu brusque avait vite écarté de l'esprit de Patricia toute perspective autre que professionnelle. Elle avait d'ailleurs pressenti que le cœur d'Olivier avait d'autres attaches. Quoique Daniel n'eût pas demandé une telle confidence, elle lui fut particulièrement agréable.

Quelques semaines après l'opération, le jeune Joël avait pu sortir de l'hôpital. Patricia s'était heurtée aux réticences de ses cousins qui ne l'avaient accueillie qu'à contrecœur, manquaient d'ailleurs de place et aspiraient à son départ alors que la convalescence du jeune homme exigeait encore le suivi des médecins qui l'avaient soigné. Les liens qui s'étaient tissés entre elle et Daniel la conduisirent à accepter tout naturellement la proposition qu'il lui fit de s'installer dans une partie inoccupée du pavillon qu'il possédait dans une rue périphérique. Il l'avait d'abord laissée en disposer seule, prétextant d'occupations qui le retenaient à Aiguefière pour qu'elle pût se consacrer entièrement à son fils, puis, quand celui-ci eut recouvré une certaine autonomie et commença à souhaiter plus d'indépendance, il avait proposé, comme fortuitement, le voyage à Vienne.

Quand elle eut terminé ce flash-back, dont Daniel avait patiemment respecté le silence, Patricia se rapprocha de lui pour un long baiser, puis laissa éclater ses sentiments : « Je t'aime ! », s'exclama-t-elle. « Je te remercie de tout ce que tu m'as apporté ! Emmène-moi au parc d'attraction de Vienne, au célèbre Prater ! Ce soir, je veux m'amuser ! »

Maintenant enlacés, ils traversèrent à nouveau la ville vers l'atmosphère enchantée de la fête foraine, vers les tirs aux pipes et les manèges. Dans l'odeur lourde des brochettes et le tumulte de la foire, toutes les années qui les séparaient de l'adolescence semblaient abolies. Ils rivalisèrent dans des parties de flippers, hypnotisés par la lourde bille aux rebondissements imprévus, et chaque victoire était prétexte à une étreinte, ils abattirent, comme dans un carnage, des canards et des lapins de métal dans un tir électrique dont la cible se transforma soudain en ours qui se dressait en rugissant lorsqu'une balle imaginaire faisait mouche, ils gagnèrent une panthère en peluche grâce à un carton victorieux avec un véritable fusil à air comprimé. Gavés de hot-dogs, grisés de bière, ils traversèrent en chaloupe la mer des caraïbes sous le feu des pirates de l'île de la Tortue, où les avait magiquement transportés une baraque qui ne payait pourtant pas de mine. Dans la pénombre discrète et la musique sirupeuse d'un bastringue, ils se serrèrent l'un contre l'autre pendant le temps d'un slow qu'ils auraient voulu infini.

Quand, un peu étourdis, ils reprirent enfin le chemin de l'hôtel, la nuit était tombée depuis longtemps et l'heure de dîner était passée, mais, retrouvant l'appréhension délicieuse d'un premier amour, impatients et anxieux tout à la fois de se retrouver seuls face à face, ils marchèrent au hasard dans les rues maintenant désertes. Le désir de prolonger encore la soirée les fit céder à l'appel envoûtant d'un night-club où les attendaient des palmiers en pot peut-être vrais et des peaux de tigre sûrement fausses sous la garde d'un nègre de Venise. Ils sentaient pourtant que l'apaisement que prodiguaient les valses de Strauss et la demi obscurité ne constituait qu'une halte et, heureux de vivre ensemble cet instant, restaient silencieux. Quand, enfin, ils se retrouvèrent devant leurs chambres, ils se jetèrent dans les bras l'un de l'autre et cette nuit répondit pleinement à leur attente.

Le lendemain matin, sur le désir de Patricia, c'est en calèche qu'ils se rendirent à Schoenbrunn. « N'était l'âge, je me prendrais pour Sissi ! », avoua-t-elle en rougissant, tandis que, serrés l'un contre l'autre, ils traversaient la petite rivière avant de pénétrer dans la cour du château dont l'empereur Léopold 1er avait voulu faire un second Versailles. Ils en visitèrent d'abord l'intérieur et, quoiqu'un peu distraits, ils tombèrent en admiration devant les porcelaines bleues du cabinet chinois et les lambris de bois de rose de la chambre des millions, puis ils prirent tout leur temps pour se promener à travers le parc, ses parterres, ses fontaines et ses charmilles, pour verser une larme sur la mort de l'Aiglon et pour se consoler par un baiser. Ils montèrent ensuite jusqu'à la gloriette (car c'est un des charmes de ce palais d'être non pas au sommet de la colline mais à ses pieds) et, de là-haut, tendrement enlacés sur un banc, ils purent contempler les formes arrondies de l'aile centrale à la délicate façade ocre, signe d'une époque plus gracieuse, et jouir, au loin, de paysages bucoliques.

Les heures passant, ils remirent au lendemain la visite du Belvédère, et partirent profiter des hauteurs qui, par-delà les vignobles, dominent la ville ; aussi se trouvaient-ils, en cette fin d'après-midi, tranquillement attablés devant une carafe de vin pétillant, lorsque Daniel vit Patricia sursauter et pâlir à l'entrée dans la pittoresque auberge d'un homme déjà sur le retour accompagné d'un garçon d'une vingtaine d'années à la dégaine de loubard, avec des rouflaquettes, un blouson de cuir noir et une casquette.

« Tu te souviens de Paul ? » demanda Patricia, et, comme Daniel hochait la tête en souriant de cette question superflue, elle ajouta : « Eh bien, c'est lui... ». L'homme, justement, s'exclamait : « Patricia ! Quelle bonne surprise ! », sur le même ton que s'ils se fussent quittés la veille, et s'assit à leur table sans attendre d'y être invité. Quoiqu'il semblât aussi inconscient du passage des années que de sa faiblesse de caractère, Daniel en lisait les traces sur son front dégarni, sur ses joues pâles et molles, sur son menton presque invisible, sur sa bedaine naissante, sur son sourire à la fois prétentieux et servile. Comment Patricia, se demandait-il, avait-elle pu être amoureuse de ce Paul, elle si perspicace et moralement si exigeante ?

A peine assis, pourtant, l'homme qui l'avait abandonnée dans la détresse n'hésita pas à revenir sur le passé, dupe, peut-être des excuses qu'il s'était trouvées, ou victime de l'instinct fatal qui souvent pousse ceux qui se sont mal conduit à aggraver encore leur cas en en déniant l'importance : « Tu n'imagines pas », dit-il, « comme je suis heureux de te revoir ! Tous tes amis avaient été stupéfaits de te voir abandonner tes études pour une bagatelle qui aurait bien pu s'arranger toute seule si tu n'en avais pas fait toute une histoire ». Tandis que Daniel prenait tendrement la main de Patricia dont il devinait l'émotion et le dégoût, Paul, très à l'aise, continuait : « J'avais appris, il y a peu, ton retour dans tes montagnes. Tu n'as qu'un petit emploi, mais je suppose que tu es heureuse comme ça ». Visiblement, ça ne lui posait pas de problèmes. Patricia et Daniel ne répliquaient pas, elle par horreur des scènes et par mépris, lui fasciné par des turpitudes si aveuglément dévoilées. S'il avait douté du récit de son amie, il en aurait eu là une confirmation d'un réalisme aussi féroce qu'un tableau de Goya. « Je l'ai su », continua donc Paul, « parce que, figure-toi, nous travaillons pour la même entreprise. Moi, bien sûr, je suis à Paris, au contentieux. Sans être le chef du service, j'ai un poste important. Avec cet imbécile de Coste, ça n'est pas facile. Je lui ai dit son fait, alors il ne m'aime pas, mais un jour ou l'autre, on se rendra compte des ses limites. »

A ce moment, Daniel, habitué à entendre son ami Olivier faire l'éloge de Coste, intervint : « J'en ai pourtant entendu dire du bien. Mais je ne suis qu'un simple fonctionnaire.

— Il y a des responsabilités qui dépassent la compétence d'un technicien, si bon soit-il ! » rétorqua Paul, furieux d'être contredit. « L'administration ne sait pas ce que c'est qu'une entreprise ! Quand je pense qu'à une époque, je voulais y entrer ! Heureusement, ils ont trouvé que je n'avais pas d'assez bonnes notes aux concours. Quand on voit les fonctionnaires, on se demande quelles notes ils ont pu avoir. Non, c'est mon dossier qui ne devait pas plaire : je n'ai jamais fait la cour aux rêveurs. Je n'en dirais pas autant de Coste, hélas. On l'a bien vu lorsque des associations « de protection de la nature » nous ont traîné dans la boue en nous accusant de « mettre en danger les populations » avec les déchets d'une de nos usines. Pourtant le contrat de l'éliminateur prévoyait le respect de la réglementation en vigueur, et donc notre responsabilité était dégagée même s'il les déposait dans une décharge mal tenue par un exploitant peu scrupuleux. Eh bien M. Coste a refusé d'opposer à ces calomnies le démenti que je proposais.

— Le public, et même l'administration, l'auraient sans doute mal compris, répondit Daniel qui souhaitait encourager des déclarations aussi révélatrices que des aveux.

— Oh, nous aurions pu intenter une action en justice. Mais Coste a craint des manifestations, des campagnes de presse et des boycotts. Plutôt que d'écouter un juriste, il a pris l'avis du bel Olivier, qui est maintenant votre patron, chère Patricia, mais qui, à l'époque, travaillait chez un concurrent et semblait donc peu qualifié pour donner des conseils. Il a fallu négocier des indemnités avec des associations dont je ne vois pas le dommage qu'elles avaient subi, avec la commune et avec encore je ne sais qui. Le scandale s'est éteint, mais à quel prix !

— Et qu'est-ce que vous avez fait des déchets, ensuite ?

— La faiblesse de Coste nous obligeait à construire un four d'incinération. L'administration l'avait demandé, mais elle a quand même posé des conditions draconiennes sur les dimensions, la température, la cheminée... Coste a tout accepté. On aurait pu le croire épouvanté par cette affaire juridiquement banale. Il a satisfait les demandes du maire, dont la décharge communale est un vrai foutoir puant. Il est passé sous les fourches caudines d'une petite association locale qui comptait apparemment pour rien les investissements déjà réalisés pour la station d'épuration de l'usine. Quand j'ai vu la dépense totale, j'ai été indigné. Comme juriste, je cherche la concertation, mais sur une base d'égalité. Or là, sous prétexte de conciliation, Coste nous a bel et bien amenés à renoncer à nos droits. Car le coupable, c'était l'exploitant de la décharge. Il a, d'ailleurs, été condamné à une peine de prison, mais évidemment, il s'était enfui dès le début de l'affaire, avec, je pense, une somme rondelette malhonnêtement acquise.

— Et M. Coste n'a pas regretté de vous avoir tenu à l'écart ?

— Bien au contraire. D'après lui, mes conseils auraient pu mettre en cause l'image de marque de l'entreprise et provoquer des pertes bien plus lourdes. On ne m'a pas demandé ma démission, mais on ne me confie plus que le suivi des litiges avec les fournisseurs ! Par contre Olivier a reçu faveur sur faveur.

— Je vois, conclut Daniel imperturbable. Il était heureux d'avoir pu détourner la conversation, mais se trouvait maintenant suffisamment fixé sur la personnalité de Paul.

Celui-ci s'étonnait de l'inimitié qu'il sentait chez son interlocuteur et l'attribuait à la jalousie : en son absence, pensait-il, il aurait pu renouer avec Patricia, qu'il trouvait plus que jamais désirable, malgré l'évolution de goûts que semblait manifester la présence du jeune homme à l'allure de gouape, indifférent à la scène.

Patricia considérait Daniel avec perplexité. L'idée lui était odieuse qu'une entreprise n'aurait pas été responsable des effets de ses déchets sur les populations et l'environnement. Une telle tournure d'esprit pouvait entraîner des catastrophes comme celle de Bhopal, dont Olivier lui avait parlé. Elle retrouvait là, quinze ans après, le comportement de Paul au moment de sa grossesse. En même temps, elle était sûre que Daniel partageait son point de vue ; c'était d'ailleurs l'ami d'Olivier, que Paul avait mis en cause. Mais elle ne chercha pas à prolonger la discussion car quelques instants passés avec cet homme avaient suffi pour raviver le mépris qu'elle avait conservé à son égard : sa compagnie lui devenait progressivement intolérable et elle se félicitait que son égoïsme toujours égal à lui-même ait permis d'éviter des questions qu'elle aurait trouvées indiscrètes. Elle se réjouit de n'avoir jamais observé chez Joël les tares de son père.

Enfin le regrettable Paul, suivi de son étrange compagnon, s'était levé pour disparaître à nouveau, tel un fantôme exorcisé retournant dans les limbes d'où Patricia espérait qu'il ne surgirait plus jamais. « Quel sale type ! », fit observer Daniel après qu'il eût franchi la porte. « Il est tellement caricatural que je me suis presque demandé s'il était vrai. On serait tenté de le plaindre ». Après une pause, il ajouta : « Excusez-moi de parler comme ça. J'avais oublié qu'il est le père de votre fils.

— Heureusement, il l'a oublié aussi », répondit Patricia. « D'ailleurs il ne serait plus temps pour lui de s'en souvenir. Son nom ne figure pas sur l'acte de naissance ». Après cette espèce d'oraison funèbre, un tzigane avait entamé sur son violon, tout près de leur table, les premiers accords du « Beau Danube Bleu » et Patricia et Daniel, tendrement enlacés, avaient dissipé les dernières poussières glaciales du passé en quelques tours de valse dont ils espéraient secrètement tous deux qu'ils étaient le grisant prélude d'un avenir commun. Ils hésitaient pourtant encore à en évoquer la perspective : Joël, dont l'accident avait conduit à la naissance de leur amour, allait-il complètement se rétablir ? Accepterait-il un beau-père à l'âge où les adolescents rêvent d'indépendance ? Daniel accepterait-il la charge d'un fils qui n'était pas le sien ?

Redoutant le retour de spectres tels que celui qu'ils venaient de subir, ils décidèrent d'aller cacher leur idylle au milieu des montagnes toutes proches.

Encouragés par le ciel bleu et le chant des oiseaux, Patricia et Daniel partaient chaque matin de l'hôtel à l'assaut des coteaux ; les fermes entourées de pommiers et les maisons aux étages plaqués de bois resplendissaient de fleurs à leurs fenêtres et l'ombre de leurs balcons abritait un banc ou quelques chaises ; les timbres mélangés des sonnailles faisaient une musique des mouvements incessants des vaches ; le long des chemins, ils pouvaient admirer campanules, anémones et renoncules, et les grands bouquets pourpres des lauriers de Saint-Antoine ; ils virent même, une fois, malgré la faible altitude, les joyaux bleu-ciel de myosotis nains ; malgré la curiosité de Daniel pour la saveur de la « Suze », la grande gentiane ne montra que ses hautes tiges qui, la floraison passée, ne sont guère jolies ; ça et là, quelques boqueteaux de hêtres, d'ormes, de charmes et de frênes, avec parfois un noisetier, un marronnier ou un érable, mais lorsque, plus haut, ils atteignaient la forêt, épicéas, pins et mélèzes étaient les plus nombreux ; sous les arbres, malgré le soleil, les sentiers restaient humides ; les mûres, au bord des routes ou dans les sous-bois, parfois quelques myrtilles ou des fraisiers, leur prodiguaient souvent leur réconfort.

Passé midi, la chaleur les poussait vers le bourg le plus proche où, à l'ombre de l'église irréprochablement entretenue par une population fervente, un restaurant hospitalier aux serveuses toujours aimables leur offrait sa fraîcheur, parfois dans une salle modeste dont la simplicité rustique était comme anoblie par la beauté du site, parfois dans la pénombre du cellier d'un manoir décati à la cour encore majestueuse mais au jardin envahi d'herbes folles. Arrosé de vin fruité de la Wachau, le menu commençait souvent par du jambon fumé ou de la soupe pour se poursuivre par quelque volaille aux airelles ou par du goulasch, avec enfin un choix difficile entre strudel, omelette soufflée ou linzer-torte.

Ces agapes, plus favorables au bavardage que la randonnée du matin, fournirent à Daniel l'occasion d'évoquer son mariage malheureux. D'ordinaire si réfléchi, il avait eu ce qu'on appelle le « coup de foudre » pour la charmante Lise : trois mois ne s'étaient pas écoulés entre leur rencontre fortuite et leurs noces, éclatantes comme le soleil d'Austerlitz, précaires comme la paix de Presbourg. Très vite, en effet, le goût de Daniel pour la réflexion et la lecture, ses commentaires perspicaces et profonds avaient choqué comme une sorte d'infidélité l'esprit étroit de sa séduisante épouse accoutumée aux idées toutes faites, qui était peu à peu devenue revêche et autoritaire. Comme il le disait, « à la place de la gentille Lise dont il était si épris », il avait découvert « une autre Lise » qui, pendant un temps, avait fait de sa vie un enfer. La séparation, douloureux soulagement rapidement inéluctable, avait laissé à Daniel une profonde amertume dont il eut plaisir à avouer à Patricia que chaque heure passée avec elle l'apaisait.

Après de telles confidences, le soleil à son zénith ne les incitait guère à reprendre leurs bâtons de marche. En voiture à travers la montagne, ils suivaient les gorges creusées par des ruisseaux, minimes mais persévérants, qui, plus loin, fusaient en cascades pour dévaler de roche en roche, puis, devenus pour un temps plus larges, serpentaient mollement dans une vallée, courants limpides sur de petits galets ronds, s'épanouissant parfois dans un lac avant de s'encaisser à nouveau dans un ravin, avant de nouvelles chutes spectaculaires... Tantôt longeant les berges, tantôt franchissant les crêtes, ils faisaient de fréquentes étapes : bourgs aux demeures cossues du seizième siècle reflétées dans la rivière, monastères des pionniers défricheurs et manufacturiers du Moyen-Age, ateliers où des artisans proposent encore broderies, céramiques ou objets de bois sculpté ou peint, galeries de mine d'où l'on extrayait la précieuse saumure, forteresses juchées sur des pitons rocheux…

La dernière de ces excursions fut marquée par la découverte, dans la chapelle d'un manoir en ruines, de deux tombeaux qui les émurent. A la charnière de deux époques, une châtelaine passionnée, veuve presqu'au lendemain de ses noces, y avait joint la symbolique de l'art médiéval et la grâce de la Renaissance, la magnificence enjouée de la vie et la pâle rigidité de la mort, pour immortaliser dans le marbre son amour conjugal et son deuil trop rapide. C'est là que Daniel, maintenant sûr de lui-même et sûr de Patricia, lui demanda enfin si elle accepterait de l'épouser. Rassurée par les conversations téléphoniques que, honteuse de son bonheur en un moment si incertain, se traitant elle-même de mère indigne, elle avait quotidiennement avec son fils, Patricia répondit par un baiser dont la tendresse était un acquiescement.

Chapitre VIII

Joël avait été stupéfait de se réveiller, épuisé, dans la pénombre rébarbative d'une salle d'hôpital tandis que, dans le lit voisin, un quinteux semblait ne devoir jamais s'arrêter de tousser. Sa mère, à ses côtés, lui avait parlé d'un accident, pourtant il n'en retrouvait pas le souvenir et avait hâte de rentrer chez lui. Mais une nuit de sommeil n'avait pas suffi à dissiper sa fatigue, ni à renouer le fil de ses idées. Son état exigeait donc des soins ! Enfin, après bien des examens, un électro-encéphalogramme, les conseils d'un neurologue, il avait pu sortir, mais au lieu de regagner Aiguefière et de reprendre une vie « normale », comme il l'avait d'abord espéré, il s'était installé dans une maison qui lui semblait inconnue. La difficulté qu'il avait à maintenir son attention et le flou qui embrumait certaines zones de sa mémoire avaient, dans un premier temps, atténué sa surprise. Puis sa mère lui avait expliqué qu'ils étaient chez un ami qui lui avait été d'un grand soutien dans ces moments douloureux. Il fut reconnaissant à cet homme d'avoir aidé sa mère et, quand il le rencontra, il apprécia sa délicate gentillesse.

Chaque jour, il découvrait avec humiliation une nouvelle limite, une nouvelle lacune, et ses réveils étaient pleins d'inquiétude. Retrouverait-il toutes ses facultés ? Les réponses des médecins étaient évasives ! Peut-être le cours de son existence s'en trouverait-il modifié, peut-être ne pourrait-il devenir, comme il se l'était promis, un de ces grands personnages qui marquent les livres d'histoire et les romans ; il s'efforçait d'envisager un avenir plus obscur parmi ceux qui façonnent le quotidien : facteur, instituteur dans un village… ; mais il était surtout heureux d'avoir conservé la vie. L'incertitude du lendemain le rendait plus sensible aux innombrables plaisirs modestes qu'elle procure à ceux qui savent y prendre garde : un rayon de soleil sur les branches, un plat savoureux…

Cependant le confort et l'agrément de son asile provisoire rendaient moins pénible sa faiblesse qui ne s'atténuait que lentement ; la richesse et l'éclectisme de la bibliothèque lui permettaient de combler peu à peu ses oublis ; la télévision et le jardin, accueillant quoiqu'exigu, égayaient les moments de torpeur qu'il subissait encore.

Au bout de quelques semaines, il trouva le courage de s'aventurer dans la ruelle, pavée comme dans l'ancien temps, et de longer les quelques villas qui la bordaient. Le lendemain, il allait jusqu'à la rue et, peu à peu, il trouva plaisir à se promener dans ce quartier populaire et chaleureux dont les habitants souriaient. Il faisait souvent halte dans un petit square modeste qui lui paraissait un eden, où les mères attendaient la sortie de l'école toute proche et guidaient ensuite leurs gamins vers le tas de sable ou la balançoire. Dans l'espoir de ne pas perdre son année, même si sa longue absence du lycée imposait un examen de passage, il se fit expédier d'Aiguefière ses livres de classe. Les résultats encourageants des contrôles médicaux achevèrent de le persuader que son rétablissement était désormais en bonne voie.

Il commença à sortir du quartier et à se déplacer à travers Paris. Il y retrouvait sans cesse des souvenirs. Sa première tentative le conduisit au musée de l'homme, qu'il avait jadis visité avec un ancien camarade de son lycée parisien, son ami Frédéric, dit Fred, avec qui il avait conservé des relations téléphoniques intermittentes. Il se souvint avec émotion de leurs rêves d'aventure devant la chaloupe du Commandant Charcot. Il en tira l'impression puis l'envie de pouvoir retrouver une certaine autonomie et suggéra à sa mère quelques jours de repos bien mérités. Il ne vit pas d'un mauvais œil qu'elle partît avec un homme dont il sentait que la compagnie lui était bénéfique. Ce jour-là, pelotonné au creux d'un fauteuil, Joël éprouva un profond contentement.

La volonté de jouir au mieux de son existence retrouvée le poussa à reprendre contact avec Fred. Ils convinrent de se retrouver devant la colonnade du parc Monceau. Joël n'eut pas de peine à reconnaître son ami, grandi mais guère changé, quand il le vit s'avancer, accompagné d'une fille assez petite mais jolie, coiffée à la garçonne, qu'il présenta en souriant comme son amie Sylvie.

Ils parlèrent d'abord de l'accident de Joël, mais sa bonne mine rassurait ses interlocuteurs et lui-même ne désirait guère s'étendre sur des problèmes neuro-psychologiques qui s'étaient estompés. Fred et Sylvie en vinrent donc assez vite à évoquer les heures passées ensemble, l'été précédent, sous le soleil de la plage où le hasard et l'âge les avaient rapprochés, puis la complicité nouée au fil des promenades sur le chemin des douaniers (propice aux câlins), des crêpes dégustées ensemble, des parties de flippers et de soirées (trop courtes) au dancing du casino. Revenus à Paris, ils avaient continué à se rencontrer le plus souvent possible.

Tout en restant laconique, Joël dut reconnaître qu'Aiguefière ne lui offrait pas de telles distractions. Les occasions de sortie y étaient plus limitées et, surtout, ses camarades de classe semblaient considérer comme un intrus ce « parisien » qui n'avait pas de père, n'allait pas au patronage et poussait l'arrogance jusqu'à recevoir de meilleures notes qu'eux.

Avec l'angoisse d'un alpiniste isolé qui, sur la paroi lisse, dérape sans trouver l'ancrage salvateur, Joël y suffoquait de solitude, incapable de voir que, s'il eût surmonté craintes et préjugés, quelques sourires et un peu de compréhension lui eussent ouvert cet univers social imprévu qui se sentait méprisé et faisait bloc contre cet égoïste, ce marginal qui préférait consacrer ses loisirs à la lecture plutôt que de se plier, fût-ce en apparence, au mode de vie local. Faute d'avoir su prendre prise sur la réalité, il en était réduit à se réfugier dans le culte austère du travail scolaire et de quelques idées nobles mais terriblement abstraites.

Il ressentait, cette année, un respect sans borne pour la culture et la subtilité de son professeur de français, dont il admirait les analyses aussi magistrales qu'inattendues... L'approbation de cet homme pour les nombreuses observations qu'il faisait en classe et pour ses dissertations auxquelles il accordait un soin sans mesure lui importait plus que celle de petits provinciaux, qu'il dédaignait comme des brutes ignorantes et stupides aux conceptions arriérées. Il avait pour lui la même déférence que pour un père, et se disait souvent qu'à Rome, seul le père adoptif comptait.

Pourtant les paroles obscènes qui le choquaient tant dans la bouche de ses condisciples mal lavés montraient qu'ils étaient au fait de mystères dont les allusions qu'y font les romans ne satisfaisaient pas la curiosité de plus en plus aigüe de Joël. Il regrettait de ne trouver autour de lui personne d'assez proche et assez discret pour que son tempérament fier et farouche l'autorisât à lui demander des éclaircissements. Quelque grossiers que fussent ces garçons, la plupart étaient mieux accueillis que lui auprès de la charmante Jeannette, qu'entourait, dans ce lycée mixte, une véritable cour et vers qui allait souvent l'imagination de Joël : il eût volontiers fait, en sa faveur, une exception au mépris qu'il montrait à ses camarades de classe. Il lui semblait parfois que, en se consacrant tout entier aux études, il satisfaisait aux exigences qu'il s'était fixées en matière d'honneur, mais passait à côté de l'essentiel.

C'est en vain qu'il avait tenté de résoudre ses interrogations au sein du « comité d'action » du lycée, vestige de mai 1968 qui survivait mal autour de deux perpétuels antagonistes : un « taupin » maigre et timide aux épaisses lunettes et dont la barbe clairsemée, qu'il ébouriffait sans cesse, cachait mal les affreux boutons de l'acné, et un élève de philo aux grands yeux bleus, éternel excité fier de ses phrases creuses qui arborait au revers de sa veste les profils de Lénine et de Mao-Tse-Toung après s'être jadis battu, fanatique du catéchisme, pour entraîner chacun à l'église. Joël s'était vite dégoûté de ces « séances » où la fumée du tabac flottait épaisse sur le fouillis des tables et des discours émaillés de grands mots : impérialisme, autogestion, fascisme...

Il lui arrivait, pendant les excursions à bicyclette auxquelles il consacrait éperdument ses vacances, fuyant Aiguefière, le lycée, sa famille, et surtout, de cathédrale en musée, se fuyant lui-même, de se préoccuper trop tard d'un gîte pour la nuit et, après avoir parcouru, d'hôtel complet en hôtel complet, des kilomètres, puis, dans la chaleur, encore bien d'autres, enfin logé dans un village écarté, d'y découvrir, au crépuscule, une modeste place entre les maisons à colombages, l'humble porche de l'église romane et, par-delà la rivière en contrebas, les bois bruns et dorés où le soleil se couche : sous les vieux arbres, marivaudages et parties de ballon rassemblaient les adolescents en un cercle magique qui semblait une enclave nervalienne. Parfois, si le village était plus grand, il se joignait dans un café à un groupe dont la bière et la fumée rendaient un peu confus les visages et les esprits, tandis qu'en face de lui, à travers un rythme de rock, une gentille figure rose et blonde au petit nez de chaton domestique s'offrait à sa contemplation dans un sourire. Il pensait alors que Jeannette aurait pu s'enchanter des mêmes sortilèges que ces petites camarades chéries d'un soir. Que ne se trouvait-elle avec lui devant la petite église ! Un serrement de main, un sourire n'y eussent-ils pas été reçus, compris et, qui sait, rendus ?... Au lieu de cela, nouveau Tantale, étranger au centre chaud où les couples se fondent, Joël regardait avec envie, à s'en donner mal aux yeux, à s'en donner mal au cœur, les figures magiques qu'au rythme des lumières vertes, rouges, bleues nouait et dénouait une danse dont il n'était pas.

Devant les relations simples et naturelles de Fred et Sylvie, il eut un accès de jalousie qui lui fit honte. Il rêva un instant d'une vie sociale aussi harmonieuse que semblait la leur. Il fondait beaucoup d'espoir sur la récente rencontre de sa mère avec ce Daniel, si chaleureux, qui semblait comprendre tant de choses. Il avait déjà eu, peu de temps avant, la même attente en la voyant redoubler de zèle auprès de son patron, mais, apparemment, ça n'avait pas marché, et Joël ne l'avait pas trop regretté : cet homme semblait si lointain !

Pour distraire la convalescence de Joël et rompre son évident isolement, Fred et Sylvie lui proposèrent de se joindre à eux pour jouer « Leocadia » à l'occasion d'une prochaine fête de famille. « Il manque un acteur pour le rôle du cousin Hector », insista Fred. « Ce sera facile : il ne dit presque rien ! Tu seras tout le temps à côté de ma cousine Monique qui joue la duchesse. Elle est prof, mais elle ne fait pas de manières. Viens donc avec nous au club de tennis : tu as toutes les chances de la rencontrer ! De toute façon, Sylvie et moi, on a une partie dans une heure, et c'est juste à côté ».

Effectivement, Monique était là. Ils allèrent tous la regarder jouer. Joël fut d'emblée impressionné par l'adresse et la vigueur de cette robuste blonde qui tenait tête à un garçon (ceci ne surprend pas le lecteur, qui l'a déjà rencontrée dans un chapitre antérieur). Elle lui rappelait quelqu'un, mais, toujours mouvante, il ne la voyait que de dos ou de profil. Enfin elle revint en fond de court pour une mise en jeu sans même remarquer la présence de ses amis et Joël reconnut la cheftaine qui avait tant marqué ses dernières semaines aux « louveteaux », peu avant son départ de Paris. En un éclair, il la revit, charmante au pied d'un arbre, dans la clairière où l'avait mené le rallye en forêt. Une émotion nouvelle l'avait alors fait rougir. Monique lui avait demandé, comme prévu à cette étape, de faire un nœud de chaise, et la surprenante maladresse de Joël avait fini par provoquer sa colère, soit qu'elle le trouvât stupide, soit qu'elle se sentit gênée. Enfin, dans un sursaut, il avait surmonté son désarroi et, le nœud fait, s'était élancé, ou plutôt avait fuit, vers le parcours tracé pour le jeu.

Si brève qu'eût été cette scène, que, peut-être, il était seul à avoir trouvée différente de mille autres, il en avait conservé un souvenir intense et vivace. Plus d'une fois, dans les vagabondages de l'esprit qui précèdent le sommeil ou ponctuent les journées trop longues, il y avait imaginé d'autres développements moins fugitifs et plus tendres. Etendu sur son lit pour d'inlassables simulacres de gestes d'amour, il prêtait à Monique les fractions d'anatomie intime découvertes (mais encore trop couvertes à son gré) dans les catalogues de vente par correspondance qu'il feuilletait en cachette, ébauches de caresses pour un fantôme. Ces minutes noyées dans une brume onirique, instants délectables allégés de tout obstacle, minutes humiliantes et gaspillées, offraient parfois à Joël de belles contreparties d'invention et de poésie, mais, plus souvent, dans les soirs de fatigue où son corps était mou et sa tête vide, où les travaux de la semaine, tous menés à bien, parfois non sans quelque orgueil fugace, en s'éloignant l'abandonnaient misérable comme la mer descendante abandonne aussi la touffe de varech qui a dansé à marée haute dans l'écume et le rire de la houle roulant sur les rochers, il sentait l'inanité de ces heures de pénombre ambigüe longues à déboucher enfin sur le sommeil.

Quoique, dans ces fantasmes que déchaîne la nuit close, il n'eût jamais envisagé de revoir Monique, ou peut-être à cause de cela, ce souvenir avait soutenu victorieusement, au fil des années, la concurrence des images provocantes exhibées par les affiches publicitaires, comme aussi celle de Jeannette et de toutes les filles entrevues et jamais revues au hasard du quotidien, dont un sourire plus marqué, un décolleté plus ouvert, un pantalon plus moulant avait suffi à faire les héroïnes d'aventures imaginaires libérées des entraves de la réalité. Et soudain elle était là, toujours aussi belle et aussi épanouie, partenaire proposée pour une représentation dont il serait l'auxiliaire ! Joël faillit se lever et partir. Il remercia le ciel de lui avoir ménagé un répit pour se préparer à ces retrouvailles.

Monique ne semblait pas avoir besoin d'un tel préavis. La gaieté naturelle et un peu brusque avec laquelle elle souhaita la bienvenue au nouveau comédien amateur donnait à penser qu'elle n'avait prêté aucune attention à la scène qui l'avait, lui, tant marqué. Emue par son accident, elle le reconduisit en voiture, puis ils restèrent un moment à bavarder dans un petit salon propice aux confidences. Joël raconta son départ de Paris et le piètre accueil qu'il avait trouvé dans les montagnes.

« Si l'on en croit sa Constitution », lui répondit Monique, « la France est une République indivisible, laïque, démocratique et sociale, mais la diminution du rôle du Parlement et l'absence de grand projet national ont progressivement conduit les français à porter ailleurs leurs fantasmes de groupe. Beaucoup ont pris un intérêt nouveau pour leur région, au point de réclamer parfois la reconnaissance d'un dialecte qui varie d'un village à l'autre et n'a jamais servi de moyen d'expression écrite. Pour d'autres, c'est la religion : une de mes collègues de province s'est vue réprimandée par le proviseur du lycée pour son absence à la fête annuelle de la sainte patronne de la ville. Souvent, les élèves qui n'ont pas d'attaches locales, et dont l'école publique devrait faciliter l'intégration, sont au contraire rejetés par leurs classes et exhibent alors tout un attirail pour affirmer leur différence. Quant aux libres-penseurs et ceux qui cherchent à se former des opinions qui leurs soient propres, alors malheur à ceux-là : ils sont, comme toi, frappés d'ostracisme ! ».

Tout en reconnaissant la pertinence de ces propos, Joël se promit, ce soir-là, de poursuivre la discussion, car l'analyse de Monique ne lui paraissait pas faire complètement le tour de la question pour ce qui le concernait. Il finit par s'endormir perplexe, espérant que la suite des choses lui permettrait d'y voir plus clair.

Le surlendemain, la répétition se déroula dans la bonne humeur. Les autres acteurs connaissaient bien leur rôle. Monique, sans jamais se montrer autoritaire, veillait à tous les détails comme un metteur en scène. C'est elle qui avait suggéré de changer le décor en bougeant simplement un fauteuil et en dépliant une table de jardin. C'est elle qui était parvenue à confier tous les rôles de figuration à la petite sœur de Fred grâce à un grand pouvoir de conviction, à quelques changements de costume et à la suppression d'une courte scène. C'est elle aussi qui avait remplacé les tziganes de la boîte de nuit par un magnéto-cassette. D'abord inquiet, Joël avait vite compris qu'il ne jouait qu'un second rôle et que, à ses côtés, il n'aurait pas de problème. Tout semblait donc prêt pour la fête.

Monique présenta à Joël celui qui devait en être le héros : « Nous parlions avant-hier du destin de la République, » dit-elle. « Mon oncle Gérard Coste lui est resté fidèle dans les moments d'incertitudes, dès l'armistice prématuré d'un dictateur à qui le Parlement du Front populaire allait accorder les pleins pouvoirs ! Revenu de Londres pour organiser la résistance, capturé par la milice, il a perdu son bras sous la torture et, déporté à Buchenwald, il l'aurait payé de sa vie si la victoire alliée avait tardé. Nous célébrons chaque année son retour, infirme, presque mort de faim, mais vivant ».

Comme Joël lui manifestait son admiration, il l'arrêta d'un geste amical : « Vos sentiments me touchent, jeune homme, mais la situation n'était pas si claire. Quand le dix-neuvième siècle luttait pour la république, l'enjeu paraissait simple, mais une fois celle-ci instaurée et, semblait-il, sans retour, de nouveaux dilemmes sont apparus. La séparation de l'église et de l'état, la banalisation des provinces par l'école publique et l'exode rural, leur assujettissement jacobin avaient engendré une nostalgie refoulée dont la discrétion cachait l'ampleur, exacerbée par l'immigration pourtant nécessaire après la guerre de 14. Le Parlement, redoutant d'être éclipsé par le Président, s'était, en 1875, donné tous les pouvoirs, mais, affaibli par les renversements de majorité, gaspillant son temps dans des décisions locales pour servir des ambitions personnelles, incapable de juguler la crise des années trente, il avait, à la veille de la guerre, perdu son prestige. Les Croix-de-feu et le colonel de la Rocque n'étaient pas seuls à le contester. Plus d'un haut-fonctionnaire regrettait la faible emprise de l'état sur la vie économique endormie derrière les barrières douanières, qui leur servaient parfois de prétexte pour réglementer. »

Joël était surpris par un tel discours, dans la bouche d'un homme au passé si glorieux, aussi objecta-t-il : « Pourtant les Français souhaitaient la victoire du général de Gaulle !

— Oui. En 44. Mais en 1940, désemparés par la déroute, encore secoués par les souvenirs horribles des tranchées de la grande guerre, ils aspiraient à la paix même au prix d'une honte qu'ils espéraient provisoire. La lucidité dont j'ai pu faire preuve ne m'empêche pas de les comprendre. Il m'arrive d'apercevoir, aujourd'hui encore, des traces de ce désarroi de vaincus que la défaite allemande, tardive et piètre revanche, n'a pas fait disparaître et que les sales guerres d'Indochine puis d'Algérie n'ont pas contribué à effacer.

— Ce sont pourtant leurs acolytes qui vous ont torturé. Vous devez vous réjouir de voir parfois l'un d'eux enfin traîné devant les tribunaux.

— Quarante ans après, alors que le pays, meurtri par la guerre qui était aussi une guerre civile, avait choisi, en 1946, après quelques mois de règlements de comptes, de jeter un voile sur sa mémoire ? Je suis indigné, au contraire, de voir un dossier rouvert pour cent qui resteront clos, dans l'espoir de donner aux Français bonne conscience au moindre prix.

— Ce sont quand même des criminels !

— Pourquoi ne pas s'attaquer plutôt aux criminels d'aujourd'hui ? Aux dictateurs des cinq continents, à leurs mercenaires, à leurs tortionnaires, aux bourreaux de leurs camps de concentration ? Croyez-vous qu'il n'y en ait plus ? Espérez-vous oublier les marchés d'esclaves du Soudan, les prisons iraniennes et les bandes terroristes en jugeant un gestapiste octogénaire ? ».

Séduit par cette discussion sans réserve ni faux-semblant avec un esprit libre, riche de cette vision vaste du monde qu'apportent l'expérience et la culture, Joël résolut d'en profiter jusqu'au bout : « Est-ce que la construction de l'Europe n'est pas le meilleur moyen de sauvegarder la démocratie en dépassant les vieux affrontements d'idéologies et de nationalismes ?

— Pour certains c'est cela. Mais pour d'autres, au contraire, c'est l'espoir confus de satisfaire ces nostalgies religieuses et régionales que j'évoquais tout à l'heure, et dont seule la forme a changé. Certains aspirent à un exécutif supranational, les uns pour assurer une paix durable car ils ont le cœur pur, les autres pour voir leur pays y tenir un rôle prédominant car leurs attentes sont moins innocentes et ils rêvent de la place privilégiée des Athéniens dans la ligue de Delos ou de la Prusse dans l'empire allemand. Cette confusion engendre toute sorte de malentendus dans lesquels certains s'accordent sur les moyens en poursuivant des fins opposées tandis que d'autres mènent des actions contradictoires alors que leurs buts sont identiques. Dans l'immédiat, on aperçoit surtout la perspective d'un marché plus ouvert, riche de promesses pour les forts et les idéalistes, de craintes pour ceux qui redoutent la concurrence. Mais rien n'est écrit d'avance. L'Europe sera ce que nous en ferons. Ou plutôt ce que vous en ferez, car je commence à être un peu vieux pour construire l'histoire. »

Ce soir encore, Monique raccompagna Joël. La franchise et l'amitié qu'elle lui témoignait, la lumière qui baissait sur le petit jardin, le confort des fauteuils, le reflet de la lampe sur le cylindre du bureau marqueté, tout l'incitait à soulever à nouveau les interrogations qui le tourmentaient : « Est-ce que mes problèmes », se décida-t-il à dire, « ne viennent pas aussi de ce que ma mère n'est pas mariée et que les gens ne savent pas qui est mon père ?

— C'est vrai que les provinciaux conservent plus longtemps leurs préjugés que leurs vertus et ne voient guère d'un bon œil les mères célibataires. C'est possible aussi — excuse-moi si je te choque — que toi-même en tiennes inconsciemment rancune à ta mère, ce qui serait bien injuste, car elle a beaucoup sacrifié pour toi. Mais ça n'a peut-être pas tant d'importance que tu crois. Regarde les pères de tes camarades ! Est-ce que, pour la plupart, ce ne sont pas de gros balourds, remplis d'idées toutes faites, qui ne comprendraient rien à tes interrogations ? Voudrais-tu un père qui leur ressemble ? Ou bien un père comme le mien, qui a consacré toute sa vie et ses pensées à son travail, qui a donné à sa famille les moyens de vivre à l'aise, mais avec qui ne j'ai jamais pu avoir une véritable conversation, quoiqu'il nous aime bien, à sa manière ? Un père, c'est aussi quelqu'un dont tu as admiré la force et la prestance et qui devient peu à peu bedonnant et fatigué, dont tu as admiré le savoir et l'expérience et dont les idées te paraissent soudain archaïques et dépassées, quelqu'un qui t'a appris à aimer la musique mais qui est maintenant dur d'oreille. Tu auras bientôt l'âge d'un premier travail et d'un premier amour, mais ton père te verrait encore du même œil que quand tu étais à la communale. Combien de tes camarades de classe ont-ils de bonnes relations avec leur père ? D'ailleurs, écoute les parler de leur famille et tu seras édifié. Non, si je regrette que ta mère vive seule, ce n'est pas pour toi, c'est pour elle. Maintenant que tu deviens grand, la protection familiale te paraîtra bientôt pesante et superflue, alors qu'elle est jeune encore. Si elle rencontre un homme digne d'elle, il peut lui apporter un bonheur dont je suis sûre qu'elle le souhaite sans le savoir.

— Que dois-je faire à Aiguefière, alors ?

— J'avais déjà de la sympathie pour toi quand tu étais louveteau et je ne te refuserai jamais mes conseils, mais ton avenir n'est pas dicté de l'extérieur, il est entre tes mains. Les fantasmes doivent être exorcisés pour ne pas devenir encombrants. Pour ce qui est de l'attitude des autres à ton égard, elle dépendra de celle que tu auras envers eux. C'est à toi qu'il appartient de faire tes choix : je te crois assez intelligent, fin et loyal pour ne pas en être inquiète. Si tes désirs ne se réalisent pas, n'en fais pas reproche à autrui, cherche plutôt à en tirer enseignement. Je suis sûre que tu rencontreras bientôt une jeune fille à qui proposer ton cœur, peut-être dès la fête de dimanche prochain ! »

Joël se sentait maintenant rétabli. Naguère replié sur lui-même, il avait trouvé dans la période d'incertitude une nouvelle joie de vivre. Son existence longtemps morne avait pris une accélération foudroyante et délicieuse. Les conversations de l'après-midi lui entrouvraient les vastes horizons de la remise en cause des idées toutes faites. En écoutant Monique, il avait mieux pris conscience des années qui les séparaient : il lui fallait maintenant oublier les instants d'émotion qui avaient hanté son adolescence ! C'était désormais de l'amitié et de l'estime qu'il ressentait à son égard. Pendant sa conversation téléphonique quotidienne avec sa mère, il la trouva singulièrement réservée ; il espéra que cet homme qui l'avait soutenue dans les moments difficiles et qu'il trouvait sympathique ne la décevait pas.

Le jour venu, la représentation, très applaudie, fut suivie de la fête traditionnelle. Joël, peu accoutumé à de telles réunions et qui ne connaissait presque personne, se rendit compte que Fred et Sylvie n'étaient plus là. Monique, un peu à l'écart, semblait en discussion trop animée pour qu'il osât s'y joindre. Les gens se pressaient autour du buffet. Joël commençait à se sentir mal à l'aise, mais il avait maintenant compris que cette vie, qu'il avait failli perdre, pouvait être plus belle que ses rêves. Lorsqu'une jeune fille, qui lui parut charmante, s'approcha de lui pour le complimenter du succès de la pièce, ils devinrent amis et l'avenir sembla soudain simple. C'est en cette compagnie que, désormais souriant, il reçut de sa mère l'annonce de son prochain mariage avec Daniel, et la joie qu'il en exprima n'était troublée d'aucune crainte ni d'aucune rancœur.

Chapitre IX

A Aiguefière, rien n'avait changé depuis plusieurs semaines : l'usine de traitement de la pierre continuait à tourner au ralenti, régulièrement livrée par le seul Jean Lambier ; toute menace n'était pas pour autant écartée, et Olivier, par sécurité, avait ravivé d'anciennes relations susceptibles de l'aider, si nécessaire, à retrouver un emploi ; il était, désormais, bien secondé par M. de Mistre, mais n'espérait plus un retour prochain de Mme Rouquier ; la plupart de ses anciens fournisseurs avaient, eux aussi, réduit leur activité, certains même l'avaient arrêtée ; à en croire les banquiers de la place, aucun n'était commercialement en difficulté, pourtant une grande inquiétude régnait chez les ouvriers en chômage technique, quoiqu'ils fussent payés, et on annonçait une prochaine manifestation devant la préfecture.

Daniel, qui s'apprêtait déjà à fêter Pâques avec Joseph Jacob puis à partir pour Vienne, connaissait mieux que personne le dessous des cartes, mais il estimait que cette situation, quoique préoccupante, ne l'autorisait pas à intervenir dans un conflit d'intérêts privés. C'est alors qu'il reçut une demande de rendez-vous de l'association régionale des carriers après une assemblée générale qu'il avait sue houleuse. A l'issue de cet entretien, ceux-ci prirent contact avec la maison *** d'Amsterdam qui, après avoir obtenu un important marché d'aménagement urbain aux Pays-Bas, avait passé contrat avec eux pour qu'ils lui réservent leur production à des tarifs particulièrement alléchants. En même temps, Jean Lambier informait Olivier, en leur nom, que leur profession s'était mise d'accord pour demander aux entreprises concurrentes de chercher un arrangement.

Olivier n'en fut pas surpris, car il venait de recevoir un appel téléphonique de Michel Coste, tout heureux de lui avoir conservé sa confiance dans ces temps difficiles : les Hollandais avaient d'abord prévu une fermeture de l'usine faute de matière première, puis une reprise à bon compte, mais, de semaine en semaine, ils avaient vus leurs espoirs déçus et, pressés par le temps, ils avaient d'eux-mêmes renoncé à leur premier projet et souhaitaient maintenant négocier une prise de participation. Dès le lendemain soir il était à Amsterdam aux côtés de Coste, après avoir laissé, sans inquiétude, entre les mains de M. de Mistre les ateliers qui fonctionnaient maintenant au maximum pour rattraper le temps perdu.

Les négociations commencèrent bien. Grâce aux informations recueillies auprès des carriers, les hollandais connaissaient parfaitement les ressources prometteuses du sous-sol de la région, aussi bien que les détails de l'usine ; ils ne l'avaient pourtant jamais visitée, mais semblaient presque capables d'en dessiner les plans ; après mûre réflexion, un partenariat leur avait paru intéressant au-delà même de l'opération d'urbanisme qu'ils devaient réaliser. Les questions techniques furent donc vite examinées. Les discussions financières furent plus délicates : les ressources dont disposait la maison *** auraient facilement permis un rachat après fermeture, elles n'étaient pas suffisantes pour obtenir cinquante et un pour cent d'une entreprise en pleine activité ; Michel Coste, de son côté, n'était pas disposé à abandonner la majorité, sachant d'ailleurs ses interlocuteurs prisonniers de multiples engagements. Il se sentait si sûr de lui que, à un moment donné, il prit le risque de se retirer en indiquant qu'on pourrait encore le joindre à son hôtel.

Les deux amis en profitèrent pour aller jusqu'au Dam voir le palais royal qui les déçut un peu, puis pour se promener le long des canaux, admirant la richesse et la diversité des façades, enfin ils revinrent par les rues piétonnières animées où la foule ne s'écarte que devant les seuls vélos et les tramways. Comme ils regagnaient leurs chambres, le réceptionniste vint les prévenir que *** acceptait leurs conditions et les attendait pour régler les derniers détails. Effectivement, un accord put être conclu dans la soirée. Avec une participation de trente cinq pour cent, les Hollandais allaient ouvrir de nouveau débouchés ; ils avaient déjà réfléchi aux produits dont ils auraient besoin ; leur apport financier permettrait la construction d'une seconde usine : Olivier suggéra d'en confier la direction à M. de Mistre, sous sa surveillance discrète.

Michel Coste reprit l'avion aussitôt après, non sans féliciter Olivier : « On te savait compétent », lui dit-il, « tu as prouvé que tu peux aussi tenir la barre dans des circonstances difficiles. Ce sont de mauvais moments à passer, mais ils forgent le caractère. Tu as réglé de main de maître tes problèmes avec ton adjoint quand il était encore temps, et personne de ton équipe ne contestera plus ton autorité. Tu t'es magnifiquement débrouillé avec les carriers. Ton dynamisme et ta clairvoyance t'ouvrent de belles perspectives dans notre société ; tu peux compter sur moi pour les rappeler et proposer ton retour à Paris à la première occasion. Et maintenant tu as bien mérité quelques jours de vacances. »

Olivier en avait effectivement besoin. Malgré les compliments de Coste, il n'était pas très fier de lui. Il se sentait plus mûr, mais il avait dû renoncer à quelques illusions. Après avoir cru que l'usine ne tournait que grâce à son dynamisme et à sa compétence, il s'était trouvé face à des problèmes qu'il n'avait pas vus venir et qu'il aurait eu grand'peine à surmonter sans l'aide de de Mistre dont il se méfiait, de Jean Lambier qu'il regardait d'un peu haut :

il n'était peut-être pas si indispensable... D'autre part le souvenir de Claire revenait peu à peu au premier plan dans son esprit maintenant libéré de ses soucis professionnels. Si le travail devait prendre dans sa vie une place moins prépondérante, s'il ne voulait pas non plus tomber dans les travers qu'il avait déplorés chez son ami Daniel, comment surmonter son échec sentimental ? Il savait que le cœur de Patricia Rouquier n'était plus à prendre. Espérait-il trouver un parti dans les salons d'Aiguefière, à supposer qu'on l'y invitât ? en épluchant les petites annonces ? Les leçons qu'il avait tirées de ses mésaventures lui suffiraient-elles pour rendre une femme heureuse ? Il était accoutumé à une activité incessante et sa vie manquait soudain de but précis ! Il envisagea même d'y mettre un terme. Il voulut faire le point.

Olivier avait déjà visité les Pays-Bas, il avait apprécié la socialité et l'efficacité souriante des hollandais, il avait gardé un bon souvenir du rijksmuseum d'Amsterdam, du marché aux fleurs de Haarlem et des magasins de porcelaine de Delft, mais, dans l'immédiat, ce n'est pas ce qu'il lui fallait : il préféra partir vers le nord, longeant sans destination précise le Zuiderzee vaste comme une mer, admirant au passage les oiseaux qui nichaient dans les étangs du polder : mouettes, canards, bécasses, grues cendrées, cygnes, hérons... Il fit halte à côté de randonneurs pleins d'entrain dans un petit port aux horizons désormais bornés par la grande digue du nord : les trois harengs qui ornaient la porte fortifiée appartenaient au passé ! Malgré le bon accueil et la saveur de l'anguille fumée, il continua son chemin une fois vidé son bock. Il cherchait un asile qui fût complètement à l'écart des routes. Après avoir roulé à travers la Frise, il finit par arriver à un embarcadère sur la Waddenzee. Au loin, on apercevait une vieille barque à quille extérieure et voile aurique. Un bateau sans passagers semblait l'attendre. Devant cette invitation, Olivier prit son sac et monta à bord.

A son arrivée dans l'île, une pluie fine s'était mise à tomber ; aucun hôtel n'ouvrait avant juin ; le bistro du port ne louait pas de chambre ; le jour déclinait ; il n'y avait plus de bateau pour le continent avant le lendemain matin. Etourdi par l'air marin, Olivier se sentait las ; il commençait à penser qu'il avait fait une bêtise qu'il paierait d'une nuit glacée à la belle étoile ; il pouvait prévoir au moins un rhume ! Comme il s'écartait du hameau avec l'espoir de s'abriter sous un bosquet, il aperçut, à la porte d'une maison éclairée, un panneau : « Bed and breakfast ». C'est ainsi qu'il trouva refuge chez Jan et Lies Wijk. Malgré une assiette froide et un verre de bière, la soirée fut morose : quelle mouche l'avait piqué de venir s'égarer dans ce trou ? Mais la fatigue l'emporta, il dormit comme une souche pour se réveiller frais et dispos et découvrir, en ouvrant les volets, une magnifique plage bordée de dunes, déserte sous un ciel pâle. A la cuisine l'attendait un petit déjeuner plantureux : harengs marinés, fromage de Frise, jambon fumé, qu'il arrosa largement de café pendant que Mme Wijk préparait des œufs sur le plat. Oubliant ses résolutions de la veille, il se surprit à retenir la chambre pour quelques jours. Il en fut d'abord furieux : avait-il perdu la raison ? Puis, après un bain délicieux malgré la faible profondeur et une assiette de fruits de mer au bord des dunes, il se dit qu'il n'était pas si fou : il avait au moins trouvé la sérénité !

L'après-midi, il fit le tour de l'île fouettée par le vent sur des chemins dallés de briques « à bâton rompu », flâna entre les villas qui entouraient l'église et dîna tôt avec ses hôtes. Ils avaient tous deux passé la cinquantaine. Lies Wijk avait dû être fort belle et conservait, malgré les années, un grand charme ; elle tenait une petite librairie-papeterie où son mari l'aidait pendant la brève saison touristique d'où le ménage tirait l'essentiel de ses ressources. Le reste du temps, il réparait des bateaux de plaisance sur une cale de halage près du port, ou partait sur sa barque pour un peu de pêche côtière, le plus souvent à l'hameçon, parfois au tramail s'il pouvait espérer vendre son poisson. Il avait été marin sur un navire au long cours, puis, l'âge venant, un héritage les avait ramenés aux lieux de leur enfance. Les hasards de la mer semblaient leur avoir donné à tous deux une douce sagesse. De port en port, Jan Wijk avait appris quelques mots de français, mais, avec Olivier, ils s'exprimaient surtout en anglais. La sympathie qu'ils lui avaient d'emblée inspirée n'était pas pour rien dans l'impulsion qui l'avait fait rester.

Il avait acheté à Lies quelques romans policiers américains, se baignait beaucoup, reportait de jour en jour son départ, et, dans l'espoir d'y voir plus clair, avait commencé à écrire tout ce qui lui était arrivé depuis son retour de l'Inde. Le souvenir lui revenait souvent du mausolée de marbre de Fatehpur-Sikri, des hirondelles du Fort-Rouge, du dôme du Taj-Mahal au soleil couchant. Au mur de sa chambre, une reproduction de la « jeune fille au turban » de Vermeer jetait son regard à l'infini. Il accompagnait parfois Jan en mer et avait été surpris de découvrir une grande perspicacité chez ce matelot peu bavard qui avait passé le plus clair de sa vie dans l'exigüité d'un navire marchand.

Olivier apprenait maintenant le néerlandais et envisageait de se fixer là, continuant à écrire et dépannant en saison les estivants : électricité, plomberie, menuiserie, mécanique, il avait plus d'une corde à son arc ! Il songeait gaiement à la comptine anglaise « Tinker, tailor, soldier, sailor... ». Ses hôtes cherchaient à l'en dissuader : « Vous vous ennuierez vite, les habitudes une fois prises », disaient-ils. « Vous avez eu des problèmes : cherchez-en donc les origines, plutôt que de jeter le manche après la cognée ! Ce qui a entravé votre action ne pouvait-il être prévenu par un surcroît d'attention ou d'adresse ? Ceux qui ont contrarié vos projets étaient-ils mûs par le dessein de vous nuire, ou bien par le désir de réaliser les leurs, qui n'étaient peut-être pas incompatibles ? En comprenant mieux ce qui est arrivé, vous obtiendrez plus que vous n'avez manqué, qui n'est peut-être ni si considérable que vous l'avez pensé, ni forcément irréversible. Ces réflexions, pour difficiles qu'elles paraissent, vous apaiseront et vous aideront à reprendre votre route : quand le brouillard se lève, la mer est encore là ! ».

« Vous avez peut-être raison », leur répondait invariablement Olivier, « mais j'ai décidé de tourner la page ! ». Il continua donc quelque temps encore à écrire entre deux baignades, entre deux balades, retraçant, ligne après ligne, les petits événements qui avaient tissé, jour après jour, la trame de ses relations tantôt fructueuses, tantôt agréables et tantôt conflictuelles avec de Mistre, avec son ami Daniel, avec Patricia Rouquier, avec Jean Lambier, et aussi avec Claire ; il fut ainsi conduit d'abord à s'interroger sur les objectifs qu'il avait véritablement poursuivis et les sentiments qu'il avait éprouvés, puis à envisager ceux de ses interlocuteurs ; peu à peu, il en distinguait mieux les causes dont certaines le stupéfiaient tandis que d'autres le faisaient rire ; il fut obligé de convenir qu'il avait parfois manqué de logique, souvent de perspicacité, et presque toujours de tolérance. Au fur et à mesure que ses idées devenaient plus claires, il se sentait plus serein ; et puis, un matin, il eut le désir de regagner au plus vite Aiguefière : il lui semblait sortir d'un songe. Il fit avec émotion ses adieux à Jan et Lies et le soir même il était chez lui. Sur son répondeur téléphonique et dans son courrier, il trouva de nombreux messages de Claire.

Chapitre X

Le ciel sans nuage annonçait une chaude journée de printemps mais Claire et Olivier se sentaient de force à l'affronter. Ils venaient de se retrouver à la gare de Saumur et roulaient à travers champs dans un silence prudent qui ne marquait plus, comme à Aiguefière, la crainte de se livrer à l'autre mais au contraire celle de le blesser et de consacrer ainsi le naufrage de leurs espoirs. Mais, sans mot dire, ils se prenaient souvent par la main avec une délicatesse qui exprimait la profondeur de leurs sentiments.

Aux abords d'un village angevin dont on apercevait de loin le joli château, Olivier s'arrêta devant la blanche villa où son ami Daniel l'avait déjà reçu au milieu des vignes, garanties de paix nocturne. Dans la salle de séjour qu'égayaient le lent tic-tac et la décoration naïve d'une vieille horloge, Claire et Olivier furent accueillis par une souriante voisine qui leur servit du café bien fort, accompagné d'un croissant et de pain frais, et leur annonça que tout était prêt pour leur séjour.

Ils prirent ensuite, sans hâte, le chemin du vieux bourg, chacun soucieux de ne pas heurter le rythme de l'autre, passant bientôt sous la herse de la « porte-neuve » entre deux tours aujourd'hui débonnaires. Les maisons vieillottes et leurs jardins qui sentaient bon l'aubépine donnaient un charme romantique et suranné à la grand'place, toute dallée de frais, où la « maison commune », comme la boutique de l'apothicaire, semblaient restées intactes autour de la fontaine depuis le temps du bon roi René. Cette harmonie parfumée semblait de si bon augure que Claire et Olivier, sans l'exprimer autrement que par un sourire, s'en sentaient rapprochés. Le carillon de l'église leur rappela l'heure du déjeuner, mais, après leur en-cas de bienvenue, ils n'avaient guère faim et, dédaignant un restaurant dont la façade tape-à-l'œil les attirait peu, ils préférèrent la salle tranquille d'une crêperie sur une placette pavée qu'ombrageaient des ormes.

Entre deux galettes, entre deux sourires, Claire proposa de passer l'après-midi à Fontevraud. Olivier se souvenait d'avoir déjà vu l'abbaye et d'avoir été glacé, au bas de ses marches, par l'austérité de l'immense église sans statues ni fresques, mais il ne désirait pas contrarier son amie pour si peu et se laissa faire : une meilleure disponibilité d'esprit permettrait peut-être une impression plus favorable...

Devinant son peu d'enthousiasme, Claire se fit son guide. La crainte que la visite ne l'ennuyât, l'espoir de lui faire partager ses réflexions lui apportèrent l'inspiration. Elle souligna d'emblée ce qui devait désorienter : une architecture aux épais murs rectilignes souténés par les seuls contreforts et pourtant d'une hauteur peu commune, aussi différente des rustiques églises romanes aux voûtes en berceau que des cathédrales gothiques gréées d'arcboutants, portées par la lumière. Pourtant le mausolée des Plantagenêts sort de terre en même temps que la façade actuelle de Saint-Denis, qui ouvre déjà largement sa rosace au soleil et dont les bas-reliefs chantent le cycle des jours et des saisons à travers la Bible et la vie des champs. Mais Claire s'attacha ensuite à rendre ces singularités moins rébarbatives en les transformant en questions : fallait-il y voir une pensée plus mystique aspirant à l'élévation opposée à une pensée plus rationnelle aspirant à la clarification, l'influence de l'Orient opposée à Thomas d'Aquin ? Si le dessein était de monter, pourquoi aligner les coupoles aux dépens à la fois du diamètre et de la continuité de la nef, pourquoi conserver dans le plan la croix latine plutôt que la croix grecque ? La singulière tour-cuisine avec ses compartiments rayonnants et ses cheminées superposées en clochetons relevait-elle d'une même analyse ? La lutte des Capétiens et des Plantagenêts, dont cet imposant édifice marquait assez l'ambition, était-elle non seulement un conflit territorial mais aussi le conflit de deux pensées ?

Olivier se plut à la remercier pour cette approche interrogative qui donnait à l'abbaye plus d'intérêt sinon plus de grâce. Tout en l'accusant d'exagérer ses mérites, Claire cachait mal sa joie d'avoir atteint son but. Pour terminer la visite sur un ton plus léger, elle lui montra les bâtiments des malades et des hommes placés, malgré les mœurs de l'époque, sous l'autorité de l'abbesse, songeant en elle-même que les idées originales de son amie Monique n'étaient pas sans précédent.

Soucieux chacun de ne pas surcharger la journée de l'autre, ils reprirent le chemin du logis.

Tandis que Claire se rafraîchissait sous une douche, Olivier s'était assis à l'ombre des charmes du jardin entourés de myosotis et de roses. Tous deux laissaient leur esprit vagabonder et leurs pensées secrètes étaient les mêmes : cette journée riche de tant d'espoirs avait, jusque là, répondu à leur attente, et tous deux sentaient qu'il était entre leurs mains de faire durer cette union.

Après une tasse de thé, ils descendirent en contrebas du village jusqu'à la rivière. Sur la berge, où l'approche du soir avait chassé les promeneurs et rendu la température plus douce, un golf miniature faisait remonter dans le cœur d'Olivier des souvenirs lointains et intenses de passages exceptionnels dans un univers luxueux auquel, d'ordinaire, il n'avait pas accès. Cédant à sa convoitise, il proposa gaiement une partie à Claire pour détendre leur soirée après une après-midi studieuse ; celle-ci accepta en riant cet enfantillage qu'autorisait leur solitude. On a tort de croire que les accomplissements ne sont jamais à la hauteur des désirs : se prenant au jeu, ils y trouvèrent tous deux un plaisir qui les rapprocha sur un plan moins intellectuel, avec, chez Olivier, l'impression surprenante d'une activité familière (était-elle restée patiemment tapie dans quelque coin discret de son esprit ?).

L'imposante façade du château aux tours féodales mais aux larges fenêtres richement décorées, les arbres qui bordaient le ruisseau et ses fortifications dont la mousse tempérait les menaces, tout donnait au site un charme particulier, et lorsqu'ils aperçurent, au-delà d'une poterne, la terrasse d'un bar-restaurant, ils comprirent qu'ils avaient trouvé le lieu de leur dîner. Ils redoutaient pourtant l'ambiance déplaisante, le service médiocre, les voisins bruyants d'une guinguette, mais ce soir tout leur semblait favorable ; les plats savoureux et abondants apportés par une jeune-fille empressée, la fraîcheur du vin de Saumur-Champigny s'accordaient à l'harmonie magique d'un lent crépuscule s'épanouissant sur les saules et les ruines d'une barbacane, et ils goûtèrent les moments qui leur étaient accordés sans se sentir gênés ni par leurs deux voisines, ni même par les braillements argotiques de trois jeunes loubards (modèle rural) qui se vantaient de petits larcins et mystifications bien peu sympathiques (quoique peut-être imaginaires).

Revenus dans la pénombre de la berge, ils s'embrassèrent longuement et se dirent leur amour, puis, après avoir traversé, enlacés, la nuit calme du village, ils entrèrent tout naturellement dans la même chambre.

Lorsqu'ils se réveillèrent le lendemain matin, il semblait à chacun d'eux que sa vie était devenue plus simple. Tout était matière à joie. Levés tard, ils allèrent d'abord flâner près du château, admirant de la terrasse les bosquets et les vignes, vaste paysage légèrement vallonné, avant d'écouter une femme enjouée d'une quarantaine d'années dépeindre le charme et l'histoire d'un intérieur qui lui semblait cher. Ses talents dans cet emploi modeste, l'attachement et le respect qu'elle montrait pour le propriétaire excitèrent la curiosité de Claire et d'Olivier tandis qu'ils admiraient les buffets italiens dont la marquetterie cachait d'autres secrets aujourd'hui perdus, les vieilles poutres et les solives peintes qu'ornaient aux angles des scènes comiques, voire même osées, le luxueux mobilier « Louis XV » rassemblé dans un petit salon qui avait dû en voir de belles... Ils déjeunèrent non loin de là avant de prendre le chemin des écoliers à travers la forêt, puis tout le long de la charmante vallée du Layon ponctuée, de coteau en coteau, par de pittoresques villages, avant d'atteindre enfin Angers et son château-fort aux longues murailles d'ardoises et de calcaire en lits alternés.

L'heure tardive les incita à s'arrêter pour dîner sur la route du retour. Si l'atmosphère était plus qu'animée au bar de l'hôtel, deux tables seulement étaient occupées dans la trop vaste salle de restaurant qui le prolongeait, l'une par un grand bonhomme morose et visiblement énervé, l'autre par un groupe de quinquagénaires qui semblaient des habitués dont il faudrait subir la bruyante bonne humeur et le rythme. Olivier faillit ressortir, mais Claire était fatiguée et s'était plaint plusieurs fois d'avoir faim. D'autre part le plaisir qu'ils éprouvaient à être ensemble les rendait peu attentifs aux détails et ils avaient traversé la journée comme au milieu d'un nuage rose. Ils s'assirent donc, un peu à l'écart. A ce moment, le client solitaire héla la serveuse qui s'éloignait sans prendre garde à lui après avoir apporté les entrées à la joyeuse bande : « C'est incroyable ! », cria-t-il, « Ils arrivent après moi et ils sont déjà servis alors qu'on n'a même pas encore pris ma commande ! ». Le garçon qui s'affairait au comptoir s'approcha alors, les poings sur les hanches : « Tu te calmes ou tu sors ! », dit-il sèchement. « Nous, ici, on travaille ». Claire et Olivier virent l'homme se lever devant cette insolence pour répliquer : « Je travaille aussi et je ne vais pas me laisser insulter par un gringalet ! ». Le jeune homme devint écarlate. Sa mère, arrivée sur les entrefaites, essaya de le retenir mais son fils la bouscula, attrapa le client mécontent par le col de la chemise et, criant : « Maintenant, tu te barres ! », le poussa brutalement tout le long du couloir jusqu'à la porte qu'il claqua derrière lui.

Arrachés à leur idylle par le spectacle de cette brutalité, Claire et Olivier, indignés, se levèrent et sortirent aussi malgré les appels de la patronne effarée. Ils firent d'abord quelques pas pour retrouver leurs esprits : Claire, en particulier, semblait trop secouée pour reprendre la route. Ils arrivèrent ainsi devant le portail de l'église du village dont les statues, souriant avec grâce à l'ombre d'un porche qui s'épanouissait comme le feuillage d'un palmier au sommet d'une mince colonne centrale, semblaient inviter à s'élever au-dessus de ses contrariétés du moment, tandis qu'au tympan Saint Martin tendait son manteau à un pauvre. Comme ils s'éloignaient un peu rassérénés, le hasard les conduisit devant un second restaurant dont la façade semblait de meilleur augure et qui leur parut un havre providentiel.

Ils y trouvèrent en effet un accueil empressé et s'apprêtaient à oublier l'incident, lorsqu'ils aperçurent non loin d'eux celui qui en avait été victime. Malgré son émotion et quoique ce visage autoritaire aux joues molles ne fût guère avenant, Claire eut alors un de ces réflexes qui avaient séduit Olivier à Agra : elle s'approcha de l'homme en disant « J'ai vu comme on vous a traité. Je suis indignée ! ». La première réaction de son interlocuteur avait été une grimace agacée, mais après l'avoir mieux regardée, il répondit : « Eh oui, l'ordre public n'est plus assuré et la violence est revenue. Autrefois, on apprenait aux gamins à bien se tenir, mais depuis mai 68, ce sont eux qui font la loi. Sous prétexte de compréhension, les tribunaux n'infligent plus que des peines de principe pour les petits larcins, les déprédations et les rixes. Je sens une douleur au coude qui montre que ce voyou n'est pas un novice et qu'il désirait me faire mal sans prendre le risque de me blesser. Je plains ses parents. Je suis peut-être en retard sur mon temps, mais j'estime qu'il faudrait rétablir l'autorité ». Il devait avoir retenu une chambre, car, quand il se leva, le garçon dit simplement : « Je mets l'addition sur votre note, Monsieur Paul ».

Enfin attablés dans une ambiance apaisante devant des plats apétissants, un peu détendus par une goutte d'apéritif, Claire et Olivier échangèrent un sourire perplexe : la victime ne semblait guère plus sympathique que son agresseur, cependant l'humiliation qu'il avait subie rendait compréhensibles des propos que, dans d'autres circonstances, ils eussent trouvés excessifs. Son énervement ne justifiait en rien une telle violence. Il fallait souhaiter qu'il ne soit pas à nouveau injurié ou molesté par cette brute ou ses amis. Sans doute en parlerait-il, le lendemain, aux gendarmes : on pouvait s'en remettre à leur expérience et à leur connaissance du village.

Claire et Olivier redoutaient, au fond d'eux-mêmes, que ces péripéties ne nuisent à leur amour, mais l'assistance qu'ils s'étaient portée avait, au contraire, renforcé leur union.

Le lendemain, pendant leur petit-déjeuner au jardin, la voisine leur confirma que le mauvais garçon rencontré la veille était connu dans la région pour ses brutalités : la gendarmerie l'avait à l'œil. Elle ne savait rien à propos de la victime. Par contre elle put leur parler de la dame qui les avait tant intrigués pendant la visite du château. « Madame Isabelle, tout le monde l'estime, ici. D'ailleurs, aux dernières municipales, elle a été élue maire de la commune. Elle sait beaucoup de choses : elle a fait des études de droit, et les gens lui demandent souvent conseil. On dit que ses parents étaient des amis du propriétaire du château et que c'est pour ça qu'il l'a élevée. Maintenant, elle gère le domaine, et, de temps en temps, elle remplace le guide : elle est un peu chez elle ».

Claire et Olivier, qui l'avaient laissée parler, essayèrent d'en apprendre plus long, un peu par politesse, un peu par curiosité : « Mais ça s'est passé pendant la guerre, alors, ou juste après ?

— Oui, par là, c'est pour ça qu'on ne sait pas trop bien. Il y en a qui disent que c'est sa fille à lui, d'autres que c'est la fille de camarades qu'il s'était fait dans la résistance. Il y en a aussi qui pensent que c'est un bébé juif dont les parents avaient été déportés et qu'il a recueilli. Enfin personne n'en sait rien, sauf lui et peut-être elle. Comme on l'aime bien, Madame Isabelle, les gens pensent que ça n'a aucune importance, et je trouve qu'ils ont raison ». En l'écoutant, Olivier songea d'abord à la désinvolture avec laquelle un grand propriétaire peut traiter ses enfants naturels, puis se dit, après réflexion, qu'il lui avait quand même payé des études, et que, en somme, ce n'était peut-être pas sa fille. Claire, elle, tentait d'imaginer le destin de la mère en des temps difficiles : l'avait-il laissée en France en 1940 avec son adolescence ? Avait-elle émigré vers Tel-Aviv ou disparu vers Ravensbrück ? Ou bien est-ce à Londres qu'il avait rencontré une fille charmante comme un portrait de Lawrence, avec un nœud de velours bleu ?

Après son départ, armés du guide vert et de la carte, ils découvrirent que, un peu au sud de Chinon, le cardinal de Richelieu s'était fait construire non seulement un château, aujourd'hui démoli comme tant d'autres, mais aussi une petite cité dont il voulait faire une ville modèle. Ce rêve ne s'était pas matérialisé, mais le bourg était resté à peu près intact. Claire et Olivier décidèrent aussitôt de le visiter, fascinés qu'ils étaient par l'empreinte historique et littéraire du ministre de Louis XIII et du héros d'Alexandre Dumas. Contrairement à ce que d'aucuns pourraient imaginer, c'est Claire qui avait conservé, de ses lectures d'enfance, l'image inquiétante de l'adversaire des trois mousquetaires, protecteur de la criminelle Mylady et du redoutable homme de Meung. Olivier, lui, respectait l'homme qui, au moment où l'ordre classique remplaçait peu à peu le baroque, avait su doter d'une organisation puissante un pays affaibli et livré au désordre par les guerres de religion et la régence de Marie de Médicis.

Pour tempérer cette admiration, Claire évoqua la sinistre condamnation au bûcher d'Urbain Grandier, brûlé pour sorcellerie après un procès anachronique au moment où Descartes écrivait le Discours de la Méthode ! Richelieu, homme d'une froide logique, venu tard à l'église pour des motifs d'opportunité familiale, pouvait-il être dupe de ces histoires d'envoûtement ? Claire pensait plutôt que son tempérament paranoïaque s'était vengé du faste local et peut-être des insolences passées d'un curé trop vaniteux à quelques lieues du domaine familial. Olivier se fit l'avocat du cardinal : il avait simplement fermé les yeux sur un engrenage difficile à arrêter dans une période où la misère apportait des adeptes aux sorcières, où la rigueur de la contre-réforme était mal supportée dans les monastères, où beaucoup rêvaient aux hécatombes de l'inquisition espagnole. Après s'être disputés en riant, ils convinrent de s'arrêter au passage dans la toute petite ville de Loudun, théâtre du drame.

Juchée sur sa colline fortifiée, position militaire importante dans l'antiquité et pendant le Moyen-Age, précaire place forte protestante, elle était restée depuis à l'écart des grandes routes et presque du temps. Ni les petites rues du bourg plongé dans la torpeur, ni l'imposant donjon carré qui les domine encore de toute sa hauteur comme au temps de Louis VI le Gros, ni le jardin public sur un banc duquel, derrière la mairie, sommeillait un petit vieux, ni même l'église Sainte-Croix dont Urbain Grandier avait été chanoine à l'apogée de sa splendeur, non, pas même cette ancienne église aujourd'hui transformée en marché autour duquel quelques terrasses de cafés suggéraient la possibilité d'une certaine animation, ne leur révélèrent, hélas, de trace du curé un peu trop voyant (sinon prévoyant) ou du cardinal, et ils durent donc partir sans avoir fait progresser leur litige.

Autant Loudun était ensommeillée, autant ils trouvèrent vivant le bourg voisin de Richelieu, et si le cardinal, en le créant, avait voulu le poser en rival heureux, ce matin, du moins, il y avait réussi, car la vaste place carrée et les rues rectilignes qui en partent à angle droit étaient animées par un marché. L'architecture, partout semblable à celle de la place des Vosges, suffisait à dater la cité. Se joignant à la foule qui parcourait les éventaires au son de la musique, Claire et Olivier longèrent gaiement les étalages de vannerie, de tissus, de bouquins, d'outils. Le désir de s'associer à l'animation générale poussa même Claire à s'acheter un chandail. Après un coup d'œil à l'ancien parc du château, ils allèrent déjeuner sur la grand'place. En ce jour de liesse, la salle était comble, et la fille du patron, aussi attentionnée dans le service qu'elle était mignonne dans la fraîcheur de son adolescence, était quand même un peu débordée. Tout en observant, à travers des carreaux colorés « à l'ancienne », le marché provisoirement déserté, l'église et, plus loin, une maison qui portait au linteau les chevrons superposés de Richelieu, ils reprirent leur discussion. Olivier était séduit par le plan géométrique de la ville, visiblement inspiré de celui des cités fondées par les légions romaines, qui alignaient les bâtiments comme les tentes de leurs camps. « De ce point de vue », fit-il observer, « le bourg, plus récent, mais dont pas une maison ne semble avoir bougé et qui n'est guère sorti des limites rectangulaires de ses remparts, affiche peut-être des racines plus lointaines que Loudun dont le site est pourtant antique.

— C'est une belle construction de l'esprit, répliqua Claire, comme, au siècle suivant, les célèbres salines d'Arc et Senans, mais qui est restée une coquille vide à l'écart des routes du commerce et de la création, plus semblable en cela aux dessins de Piranese, tout aussi linéaires mais bien moins coûteux, voire même à la frivole bergerie de Marie-Antoinette, qu'aux cités romaines imposées par la force, mais devenues pôles d'activité économique et intellectuelle, ou qu'aux cathédrales gothiques, expressions d'une évolution technique et culturelle.

— Pourtant la misère endémique et les scènes de guerre et de pillage que nous montrent les gravures de Callot, et qui ont galvanisé l'activité bienfaisante de Saint Vincent-de-Paul, pouvaient bien inspirer le désir de mettre un terme au désordre.

— Bien sûr, mais la volonté de Richelieu d'imposer, par réaction, une uniformisation systématique, bureaucratique et glaciale engendre, par son exagération, d'autres maux en même temps qu'elle apaise ceux-là. Par crainte de nouvelles guerres de religion, il préfère ouvrir les hostilités contre les protestants ; en écrasant leurs villes, en leur imposant des mesures qui sont le prélude de la révocation de l'édit de Nantes, il compromet lui-même l'économie du pays qu'il voudrait rétablir. L'énergie qu'il consacre à abaisser les grands, à réduire les pouvoirs locaux conduira, dix ans après, aux guerres civiles de la Fronde. La dispersion et l'excès de ses efforts condamnent eux-mêmes ses projets de réorganisation centralisatrice et égalitaire des systèmes administratif et politique. Il faudra attendre encore plus d'un siècle et supporter beaucoup de guerres et de troubles pour voir supprimés les privilèges. » Elle s'interrompit un instant, puis reprit : « Je comprends ton goût de l'ordre. Sans doute est-il nécessaire : comment supporter des violences comme celle dont nous avons été témoins hier soir ? Ou celles qu'on pouvait imaginer derrière les propos de ce sikh que nous avions rencontré à Agra. Mais considéré en lui-même et porté au rang de culte, comme on le voit encore en ce siècle, l'ordre n'est qu'un remède illusoire qui sert de prétexte à des massacres et à des procès spectaculaires aussi douteux que celui d'Urbain Grandier.

— Sans doute est-ce dans notre esprit, reconnut Olivier, qu'il faut mettre de l'ordre par la logique et le respect de l'autre. Dans des épisodes comme celui d'hier soir, la contrainte extérieure ne sera jamais qu'un expédient en l'absence d'une prise en compte mutuelle de l'attente de l'autre, de ses intentions, de ses motifs et de ses moyens. On ne peut pourtant pas s'en passer, car il y a encore, chez beaucoup d'entre nous, pas mal de progrès à réaliser, mais il faut certainement la limiter à ce qui est indispensable.

— C'est une discussion que nous aurions aussi bien pu avoir à Fontevraud. La règle des abbayes prévoyait, dans les esprits et dans les pratiques, un ordre qui se voulait prémonitoire, mais celui-ci, imposé au besoin par la force et coupé du monde extérieur, s'est révélé stérile : c'est dans les universités, les ateliers et les chantiers qu'a fleuri la réflexion, c'est dans les villes qu'ont progressé l'économie, la culture et les institutions. Quant au retour du messie, il ne semble pas s'en être trouvé accéléré. Cherchons à y voir clair en nous-mêmes et à comprendre ce qui nous arrive, n'hésitons pas à en parler avec les autres, mais surtout prenons le temps de les écouter. Ce n'est qu'ainsi que nous pourrons tirer parti de la discussion pour progresser nous-mêmes et trouver les moyens de les y aider, plutôt que de vouloir les ignorer ou leur imposer notre point de vue. »

Olivier se disait, en souriant, que Claire n'avait pas toujours suivi ces beaux principes. Il les avait d'ailleurs déjà entendus dans la bouche de Patricia Rouquier ou de Michel Coste, et c'est ce qui lui avait permis de régler ses problèmes avec son adjoint. Mais il préféra garder pour lui ces observations au profit d'une question plus importante :

« Sur tous ces sujets », reprit-il, « je te dois beaucoup. Tu m'as aidé à tempérer une vision trop rigoureuse et abstraite du monde et à m'ouvrir, en ta compagnie, à une vie plus équilibrée, plus agréable et probablement plus efficace. Mais enfin réflexion et discussion, si elles précèdent l'action, ne doivent pas l'empêcher : Claire, accepterais-tu de m'épouser ?

Claire était devenue toute rouge. Remplie aujourd'hui de l'ardeur des néophytes, elle songeait, elle aussi qu''elle n'avait pas toujours pensé de cette manière, et combien elle avait tiré profit de ses conversations avec Monique puis avec Daniel, combien Olivier lui-même, d'une certaine façon, lui avait apporté. Elle se souvenait aussi de ce fil de coton qu'elle avait noué au treillis du temple blanc de Fatehpur-Sikri, et s'en voulait de cette marque de superstition. Elle répondit : « Tu m'as aussi beaucoup aidée à me remettre en cause, et j'en avais besoin. Je serais très heureuse de t'épouser »... Et tandis qu'Olivier lui prenait la main, elle ajouta : « Allons donc faire un tour. J'ai besoin de respirer ».

Un peu enivrés par cette décision devenue peu à peu inéluctable, ils allèrent rêver un moment dans la belle demeure campagnarde de Rabelais avant de regagner leur jardin puis de savourer, au pied du château, un dîner aussi agréable que celui qui semblait leur avoir porté bonheur le premier soir.

Le lendemain matin, ils faisaient publier leurs bans à la mairie du village, à l'entrée de laquelle une plaque rappelait que Descartes y avait passé quelques semaines, puis commandaient des faire-parts à deux aimables vieilles qui tenaient un bazar devant l'entrée du château. En annonçant la bonne nouvelle à leur aimable voisine, ils apprirent incidemment que la brute rencontrée au restaurant l'avant-veille, regrettable exception au milieu d'angevins accueillants, venait de quitter la région sans laisser de regrets.

Ils furent bientôt rejoints par Patricia et Daniel, accompagnés de Joël, qui se réjouirent de découvrir Olivier plus chaleureux et plus humain, tandis que celui-ci et Claire remerciaient Patricia d'avoir su rendre à leur ami le goût de la vie. Joël, épanoui, gai, dynamique et détendu, s'entendait parfaitement avec son futur beau-père, et Patricia s'en trouvait secrètement comblée. Les deux couples prirent leurs dispositions pour se marier le même jour.

A la mairie, ils rencontrèrent la sympathique Isabelle : Patricia, tout heureuse, se précipita vers elle, la prit dans ses bras puis la présenta à tous comme une amie qui lui avait rendu grand service. « Tu sais », ajouta-t-elle, à l'intention de Daniel : « C'est elle qui m'a aidée à trouver un travail quand j'ai dû abandonner mes études ». Celui-ci, qui n'avait pas oublié, serra d'une façon particulièrement chaleureuse la main de cette nouvelle connaissance, qu'ils virent ensuite souvent.

Vint ensuite Joseph Jacob, qui connaissait tout le monde au village, et notamment Isabelle, ainsi que le propriétaire du château, qu'il avait connu dans la résistance. Celui-ci n'était autre que Gérard Coste, arrivé sur les entrefaites avec sa nièce Monique et la nouvelle amie de Joël, bientôt suivi par son frère Michel Coste. Ceux qui ne connaissaient pas encore Monique furent tous séduits par sa jovialité. Patricia, sans connaître tous les détails, lui était reconnaissante de sa contribution à l'heureuse transformation de son fils. Olivier se sentait naturellement enclin à la sympathie pour la meilleure amie de sa femme. Daniel, quant à lui, était sensible à son intelligence et à son discours sans concessions, mais se félicitait « in petto » de n'avoir pas évolué comme elle après ses déceptions sentimentales. Jean Lambier fit également le voyage, et certains prétendent avoir vu s'ébaucher une idylle entre Isabelle et lui.

Gérard Coste les invita tous à venir chez lui après le mariage, qui fut célébré par Isabelle elle-même dans ses fonctions municipales, et c'est là que ce conte moderne se termine dans la joie d'un repas pantagruélique (comme il se doit à si peu de distance de la maison de Rabelais), digne conclusion du parcours accompli par les héros de la fête vers une existence plus chaleureuse, plus ouverte et plus dynamique ; il y avait au menu de l'anguille fumée de Zeelande, de la carpe à la juive, du chevreau des montagnes accompagné de riz au curry et enfin une immense linzer-torte, le tout arrosé (bien sûr) de vin d'Anjou, et l'on voyait autour de la table à peu près tous ceux dont nous avons fait connaissance au fil des pages (à l'exception, bien sûr, de quelques uns qui, comme le regrettable Paul, n'y avaient vraiment pas leur place).

POST-FACE

Ici s'achève le manuscrit qu'Olivier avait laissé pour moi avant de disparaître, et soudain je ne sais plus que penser : il est certes possible que, malgré l'amitié qui nous liait, j'aie ignoré tout un pan de sa vie, et que ses fréquentes confidences aient préservé des secrets ; ainsi cette Claire, dont il n'avait jamais parlé mais qui tient tant de place dans son récit, peut-elle bien avoir existé, et je puis même imaginer qu'il est parti refaire sa vie avec elle ; mais je tiens ses insuccès professionnels de sources trop sûres pour en pouvoir douter : cette prétendue autobiographie comporte au moins une part d'imaginaire, hélas ; n'est-ce que la transcription désespérée de ses rêves envolés ? ou puis-je considérer « le rendez-vous des labyrinthes » comme un conte philosophique, aboutissement des réflexions d'un homme mûri par ses déboires et désireux d'en transmettre les enseignements avant d'ouvrir une nouvelle page ? ainsi s'expliqueraient les singulières coïncidences qui jalonnent le difficile cheminement des héros vers leur bonheur...

IMPRIMERIE SPÉCIALE DES ÉDITIONS LA BRUYÈRE